KB262156

FANTASY FRONTIER SPIRIT
요람 판타지 장편 소설

기사도 1

요람 판타지 장편 소설

초판 1쇄 찍은 날 § 2012년 10월 17일
초판 1쇄 펴낸 날 § 2012년 10월 23일

지은이 § 요람
펴낸이 § 서경석

편집부장 § 권태완
편집책임 § 어정원

펴낸곳 § 도서출판 청어람
등록번호 § 제1081-1-89호
등록일자 § 1999. 5. 31
어람번호 § 제1-1469호

주소 § 경기도 부천시 원미구 심곡2동 163-2 서경B/D 3F (우) 420-822
전화 § 032-656-4452팩스 § 032-656-4453
http://www.chungeoram.com
E-mail § chungeorambook@daum.net

ⓒ 요람, 2012

ISBN 978-89-251-3032-3 04810
ISBN 978-89-251-3031-6 (세트)

기사도
chivalry
1
요람 판타지 장편 소설 | FANTASY FRONTIER SPIRIT

CONTENTS

우리는 고아였다.

천애고아(天涯孤兒).

그 누구도 우리를 반겨주지 않았고, 재워주지 않았다. 먹을 것 또한 주지 않았다.

경멸하는 눈초리, 더러워하는 눈초리, 오직 그런 것만 받고 살았다.

우리는 아닌데.

그저… 전쟁 때문에, 약탈 때문에 이렇게 된 건데.

철이 들 무렵부터 지독히도 많이 봐온 눈동자고, 반응들이다.

그래서 희망을 버렸다.

이게 내가 다섯 살 때 한 생각.

아니, 우리 전부가 한 생각.

우린 너무 철이 빨리 들었다. 세상을 너무 빨리 알았다.

우리 사 남매는 그렇게 자랐다.

피는 이어지지 않았지만, 같이 고아가 된 우리 사 남매는 이렇게 자랐다. 구걸을 하고, 쓰레기 더미를 뒤지고, 섞은 곰팡이가 핀 빵, 또는 상해서 먹으면 복통을 일으키는 먹다 남은 것들을 먹으면서.

신이 있을까? 존재하긴 할까?

고작 열 살의 나이에 우린 그걸 생각했었다.

하지만 정말 기적처럼.

우리는 녹슨 갑옷을 입은 어느 기사님에게 거둬졌다.

몸종으로도 쓰려는 걸까?

주워들은 말들이 있어 처음엔 그렇게 생각했다.

하지만 아니었다.

그 기사님은 우리를 산으로 데려갔고, 작은 오두막집에서 우리에서 엎드려 머리를 아홉 번 조아리게 했다.

그리고 말했다.

이제부터 나를 스승님이나 사부님이라 부르라고.

놀랐다.

말뜻의 의미를 우리 사 남매는 알고 있었으니까.

누나도 울었고, 나도 울었다.

당연히 밑에 동생들도 울었다.

꿈이 아니길 바랐다.

우리는 나날이 성장했다.

그리고 성장하면서 단련하고, 배웠다.

처음엔 몸을 단련했고, 다음엔 검과 도 혹은 창을 쓰는 법을 배웠다. 말을 타는 법도 배웠고, 사냥하는 법도 배웠다.

글을 쓰는 것도 배웠고, 그림을 그리는 것도 배웠다.

전략을 배웠고, 전술을 배웠다.

하지만 스승님이 우리에게 가장 중요하게 가르친 것 딱 하나다.

바로 이것.

기사도(騎士道).

우리는 그렇게 기사(騎士)가 되었다.

Chapter
01
산속의 사 남매

체르니 왕국.

대륙의 서쪽 끝에 위치한 작은 왕국이다.

대륙 동부의 대 제국들의 한 지방에도 못 미치는 변방의 아주 작은 소국. 비가 일 년 중 반년이나 오는 왕국.

이렇다 할 특산품도 없이 그냥 그저 그런 왕국.

인구 수 총 100만은커녕 50만도 겨우 넘는 아주 작은 왕국.

대장장이 초인 하나 때문에 겨우 명맥(命脈)을 유지하고 있다는 소리를 듣는 비참한 왕국.

이게 대륙의 다른 국가들이 체르니 왕국을 말할 때 필히 한 번씩 나오는 설명이다.

근데 웃기게도 그런 작은 왕국인 주제에 들어서서는 안 되
는 산이 존재했다.

일종의 금지(禁地).

그것도 왕국 중앙에 떡하니.

쌍둥이 산.

두 개의 산이 맞붙어 있는 형국이면서, 두 산 정상에 모두
분지가 있는 특이한 산. 하지만 분지가 있다고 해서 금지가
된 건 아니었다.

이유는 산의 이름 때문이다.

트롤 산.

트롤(Troll).

이 몬스터 때문에 이 산은 금지가 되었다.

신장 4미터에 마치 독을 함유한 것 같은 녹색 피부. 흉측하
기까지 한 추악한 외모에 양옆으로 길게 뻗은 송곳니.

보기만 해도 엄청난 위압감을 뿜어내는 외형이다.

지금 대륙력은 2016년.

근데 체르니 역사에 아니, 대륙 역사 기록에 의하면 몬스터
를 제압한 국가는 없다. 대륙에는 위대한 초인이라는 존재가
있다.

몇 년 전에는 50명이었지만 단 사 년 동안 몇이 죽고, 다시

몇이 탄생했다.

그래서 현재 초인의 존재는 총60명.

초인을 설명하자면 인간을 넘어선 자들을 뜻한다.

인간이 정한 카테고리에서 벗어난 자들.

그래서 인외(寅畏)의 힘을 뿜어내는 자들.

무력, 지력, 정치, 지도력, 그리고 그 외의 능력들.

그냥 쉽게 설명하자면, 인간 같지 않은 인간이라고 보면 된다.

근데 그중 무력으로 초인에 오른 자들도 몬스터를 토벌하지 못했다. 대륙 역사에 아예 없다. 그런 자들도 토벌하지 못하는 게 몬스터다.

이 트롤 산에 사는 트롤도 마찬가지다.

범접하지 못하는 괴력(怪力), 눈으로 본다면 절대로 믿지 못할 재생력(再生力). 말의 그것보다 조금 못한 정도로 움직이는 속력(速力).

이 삼박자를 갖춘 트롤은 그대로 산의 제왕이 되었다.

나라가 건국되기 전부터 존재했었고, 그 누구도 토벌하지 못했다.

그래서 금지가 된 산이다.

그럼 왜 이 산을 이렇게 설명하는가.

이 미친 산에 거주 중인 간덩이 배 밖으로 나온 인간들이 있었기 때문이다.

트롤이 사는 오른쪽 산 정상 말고, 왼쪽 산 정상에 사는 간 덩이 큰 인간들이. 아주 미쳐도 단단히 미쳤다.

죽고 싶어 안달이 난 모습이랄까?

크와와와와와악!

이것만 봐도 알 수 있다.

저 분노에 찬 피어(Fear).

고막은 물론 영혼까지 뒤흔들 엄청난 포효.

이곳은 절대 살 만한 곳이 아니었다.

하지만 그럼에도 이곳에 살고 있는 사람들이 있었다.

*　　　*　　　*

그 공포의 피어가 터진 시간 왼쪽 산.

분지.

"아, 시끄러. 저거 또 시작이네."

오두막집 앞에서 도끼로 장작을 만들던 한 청년이 인상을 찌푸리며 투덜거렸다.

겉옷을 벗고 있는 청년의 상체가 굉장히 튼튼해 보였다. 어 깨부터 역삼각으로 좁혀 들어가는 체형에, 각각 부위에 알맞 게 자리 잡은 근육. 흉측하지 않으면서도 미형적으로도 완벽해 보이는 등 근육이다.

전면의 상체 또한 마찬가지.

군살 하나 없는 거의 완벽한 조각이다.

그렇다면 바지로 가려져 있는 하체 근육 또한 안 봐도 어떨지 상상이 가능했다.

신장은 대략 178센티 정도. 얼굴의 형상은 오뚝한 콧날을 중심으로 딱 알맞게 다른 부위가 자리 잡았다.

다만 이 청년의 마스크에서는 조금 심드렁한, 그런 분위기가 풍겼다. 그리고 그런 마스크로 이 청년의 심성 또한 대충 파악이 가능했다.

머리색은 조금 특이한 잿빛.

마치 잿가루에 머리를 푹 담가 염색한 색깔 같았다.

"저거 언제 한번 잡아 족쳐야 되는데. 그럴 실력이 안 되니. 쯔쯔."

다시 한 번 투덜거린 청년이 나무토막을 올려놓고 도끼를 들어 올렸다. 그리고 내려찍을 찰나에 들려오는 목소리.

"루가 잘 알고 있으니 다행이네. 그럼 스승님의 유언도 잘 기억하고 있지?"

이 말로 잿빛 머리카락 청년의 이름이 뭔지 알 수 있었다.

루.

특이하지만 외자 이름이었다.

"알아, 유라 누나. 안 까불어, 벽을 넘기 전까진."

"그래, 그래. 안다니 다행이네. 후후."

그리고 루에게 말을 건 여자의 이름은 대화로 봐선 유라, 이게 이름이었다. 원래 본명은 그것보다 조금 더 긴 유메리아라가 본명이지만 그냥 편하게 유라라고 부르고 있었다.

본인도 긴 그 이름보단 유라라고 줄여서 부르는 이름을 더 좋아했고.

유라의 모습을 살펴보자면 일단 키는 169센티 정도 되는 큰 키에 밝은 금발을 가졌다. 체형은 옷에 가려져 잘 알 수 없지만 딱 봐도 굴곡이 있다.

물론, 앞뒤의 굴곡도.

한 가지 특징이라면 마치 감은 것처럼 거의 반개(半開)하듯, 아니 반개한 것보다 더욱 감겨 있는 눈. 그게 굉장히 인상적이었다.

거의 감은 두 눈은 유라의 트레이드마크처럼 보였다.

"그보다 요번 주 당번은 루?"

"응, 내가 당번인데… 하필 장작도 다 떨어졌어. 제길, 귀찮게."

"후후, 그래도 어쩌겠어? 해야지. 그래도 많이 했네. 근데 그거 알아? 저번에 미오가 했을 땐 이거의 거의 세 배는 해놨던 거?"

유라가 현재 루가 해놓은 장작을 가리키며 말하자 루의 얼굴에 또 짜증이 잔뜩 서렸다. 물론 입에서도 짜증 가득한 말이 나왔고.

"…제길, 미오 녀석!"

"후후, 그럼 수고해? 누나는 좀 잘게."

"칫, 가버려."

루가 귀찮은 표정을 잔뜩 지으며 손을 휘젓자 유라는 입을 살짝 가리고 후후거리며 자리를 떴다.

근데 참 신기하게.

눈을 거의 감고 있는데도 알아서 척척 길을 찾아가고 있었다. 오두막은 처음에 루가 이곳에 왔을 때보다 두 채가 더 늘어 세 개다.

하난 유라와 미오가 쓰는 오두막.

하난 루와 루의 바로 밑에 동생이 쓰는 오두막.

나머지 중앙의 오두막은 주방으로 쓰는 용도다.

그중 유라가 쓰는 오두막은 가장 왼편에 있고, 언덕을 살짝 내려가야 하는데도 유라는 정말 길을 척척 찾아갔다.

돌부리도 피하고, 앞에 나무와 꽃밭도 피하고, 정말 신기했다.

눈을 감은 것 같은데도 저렇게 잘 움직이는 유라의 모습이.

"항상 느끼지만 저게 대체 어떻게 되지? 참 신기해……."

유라가 내려가는 모습을 보며 루는 중얼거렸다.

아무리 봐도 신기하다.

벌써 몇 년째 저렇게 사는 유라의 모습이.

크와아아아아아아악!

순간 들려오는 거대한 외침.

그 외침에 루는 또 손으로 귀를 막았다.

"에이 씨……."

그리고 입으로 나오는 건 역시 짜증 섞인 말이었다.

피어.

범인이라면 이미 다리가 풀려 주저앉았을 테지만 이곳, 트롤 산 또 다른 정상에 사는 루나 누나 유라, 그리고 그의 두 동생들도 이미 진저리가 나게 들었기에 피어 따위는 그냥 고막을 뒤흔드는 큰 소리. 이렇게밖에 인식이 안 됐다.

물론, 어렸을 적 처음 들었을 때는 다리가 풀려 거의 한 시간 동안 패닉이었지만.

지금은 그저 큰 소리.

그게 다였다.

"기다려라. 내가 벽을 뚫으면 네놈들부터 찢어 죽인다."

그렇게 말하며.

순간 위험한 안광(眼光)을 번쩍이며 살기를 뿜는 루.

"루!"

그리고 그 살기를 오두막을 열고 들어가기 전에 감지한 유라의 외침.

“알았어!”

루의 살기는 유라의 외침에 바로 가라앉았다.

“에이 씨!”

그다음은 역시나 짜증 섞인 푸념이다.

빡!

빠각!

그다음부터 오른쪽 산에 사는 트롤의 피어는 멈추고, 왼쪽 산엔 루가 장작을 패며 생기는 소리만 들렸다.

저녁 시간 분지 중앙.

이곳에는 비가 오지 않으면 항상 애용하는 식탁이 있다.

집 안에서 먹는 것보단 밖에서 먹는 걸 좋아하는 사 남매다 보니 비가 오지 않으면 항상 밖에서 저녁을 먹었다.

분주히 움직이며 음식을 나르는 루를 보며 유라가 조용히 웃었다. 감의 감긴 두 눈인데도 정확히 루의 모습을 좇으면서.

“루의 음식은 맛있지. 오늘 메인은 뭘까?”

유라의 조용하고, 온화한 그 말에 식탁에 앉아 있던 두 동생. 그중 조금 날카로운 인상의 여동생이 말했다.

“오빠는 거의 구이를 좋아하니, 오늘도 구이가 아닐까요?”

근데 말투를 들으니 이건 뭐……. 서리가 뚝뚝 내려앉는 목소리다. 거기다가 얼굴까지 자로 잰 듯이 정확히 딱딱 박혀 있는 눈, 코, 입.

그중 눈은 눈꼬리가 살짝 위로 올라갔고, 또한 째져 보여 굉장히 날카롭고, 사나워 보였다. 그러나 역시… 온화한 미소를 지으며 거의 눈을 감고 있는 유라처럼 미인이었다. 아니, 정확하게 말하자면 유라보다 더욱 미인이었다.

굉장히 날카롭게 벼려진 아름다움, 혹은 차가움? 얼굴에서 느껴지는 건 이거였다. 거기다가 머리색까지 은빛이고, 푸른 사파이어를 박은 것 같은 느낌의 눈동자, 그냥 아름다움에 신비한 아름다움까지 같이 겸비했다.

이 여자가 바로 사 남매 중 막내, 이제 스물두 살인 미오.

"그렇겠지? 가끔은 볶아 먹는 것도 좋은데. 그렇지 않니, 란스?"

"……."

미오의 대답에 유라는 그렇게 말하며 식탁 위에 다른 한 명, 자신의 세 번째 동생에게 물었지만 돌아온 건 묵묵부답.

즉, 침묵.

그러자 유라의 감은 두 눈에 살짝 경련이 왔다.

유라는 온화하다.

그건 타고난 성품이다. 하지만 유라를 화나게 하는 게 하나 있다면… 바로 자신의 말에 대답하지 않는 것.

이것만큼은 절대로 용납하지 않았다.

"란스, 누나가 물었잖니."

“…네. 기대됩니다, 누님.”

웃으며 말한 유라의 말에 란스라고 불린 거구의 청년은 바로는… 아니고 좀 뜸을 들이다가 대답했다.

그것도 세 마디나.

“그래, 너도 기대되지? 그치, 란스?”

“네.”

이번엔 바로 나왔다.

이 거구의 청년이 사 남매 중에 셋째인 란스다.

란스의 외형을 살펴보자면 일단 거대했다.

신장이 가볍게 190센티를 넘었다.

체구를 보니 체중도 거의 100킬로는 나가 보였다. 그러나 탄탄하게 단련되어 있기 때문에 뚱뚱하다는 느낌보단 단단하다. 이런 느낌이 훨씬, 아주 훨씬 더 강했다.

마치 바위처럼 굳건한 단단함이라고 설명하면 좋을까.

머리색은 짙은 검은색. 이 또한 대륙에선 찾아보기 힘든 머리색이었다. 근데 검은 그 색이 오히려 그의 마스크와 잘 어울려 굳건함을 더욱 살려주고 있었다.

나이는 스물셋.

사 남매 중 셋째다.

“자자, 식사 시간. 오늘은… 포니 구이야.”

그리고 이 잿빛 머리 청년이 사 남매 중 둘째. 나이 스물넷의 루.

“와……. 맛있는 냄새. 역시 루는 음식을 잘해. 후후. 잘 먹
을게.”

“잘 먹을게요, 오빠.”

“잘 먹겠습니다, 형님.”

루가 만든 메인 요리가 나오고, 유라는 손뼉을 치며 온화한
웃음과 함께 그렇게 말했지만 두 동생들은 역시 무뚝뚝하고,
차갑기 그지없다.

물론 루는 그걸 알고 있어 그래, 하고 식탁에 앉았다.

“자, 그럼 먹자.”

첫째인 유라의 말에 사 남매는 그렇게 저녁 식사를 즐기기
시작했다.

유라.

루.

란스.

미오.

이렇게 태연하게 식사를 하고 있는 사 남매가 트롤 산 반대
편 정상에 사는 간덩어리 배 밖으로 튀어나온 인간들이었다.

저녁을 먹은 사 남매는 오두막에 모였다.

“요즘은 다들 어때? 조금 성장들 했어?”

"나는 아직. 하아, 이놈의 벽……. 진짜 넘기 힘들어."

"저도 루 형님과 마찬가집니다."

"저도요……."

유라의 물음에 루를 시작으로 줄줄이 대답했다. 그러자 거의 감은 눈의 유라가 조용히 미소 지었다.

그 모습이 참 자애롭고, 따뜻해 보였다. 어쩌면 이게 유라의 천성일지도 모를 정도로.

"너무 성급해하지 않아도 돼. 열심히 수련하다 보면 자연스럽게 벽을 넘을 수 있을 거야. 누나도 그랬는걸?"

벽.

무슨 벽을 말하는 걸까?

"어째… 안 그럴 거 같은데. 벽이 너무 단단하고, 넓고, 높아. 그래서 부수지도, 돌아가지도, 뛰어넘지도 못하겠어."

루의 한숨 섞인 말에 란스와 미오도 같이 고개를 끄덕였다. 둘도 루와 같은 상황을 겪고 있는 것 같았다.

"괜찮아, 넘을 수 있을 거야."

유라가 또다시 웃으며 말했다. 하지만 루는 웃지 못했다. 그래서 얼굴을 찡그린 채 질문했다.

"하아, 또 물어보는데……. 누나는 대체 어떻게 넘었어?"

루의 질문에 두 동생의 시선이 자연스럽게 유라의 얼굴로 향했다. 몇 번 들었었다. 하지만 항상 이해가 안 갔다.

사실 두 동생은 아직 루가 처한 벽을 보고 있는 단계는 아니었다. 바로 그 밑 단계. 하지만 나중에라도 도움이 되니 유라의 대답을 기다리고 있는 것이다. 두 눈을 초롱초롱하게 뜨고서.

그런 시선을 받자 유라는 또 싱긋 웃었다. 그리고 이번에도 따뜻한 미소를 지으면서 대답했다.

"자연스럽게 넘었어. 순간적이라고 해야 할까? 너무 자연스럽게 넘어서 뭐라고 대답할 수가 없네. 누나 말 이해 안 가지?"

"안 가지……. 당연히 안 가지. 그걸 누가 이해해. 에휴……."

유라의 대답에 역시나 루는 실망한 얼굴로 푸념을 늘어놓았다. 그리고 그건 두 동생들도 마찬가지.

사 남매 중 첫째.

유라는 이미 벽을 넘었다.

대화를 들어보니 이들이 말하는 벽이 무엇인지 알 것 같았다.

초인.

초인으로 가는 길을 막은 벽.

그걸 말하는 게 분명했다.

그렇다면 유라는 초인으로 들어섰다는 뜻인데…….

그게 그렇게 쉬운 일이었나?

"그러니까 조급해 하지 마. 성급하게 두드리면 열릴 것도 안 열린다고 스승님이 그랬잖아. 잊지 않았지? 스승님 말씀?"

"그럼, 잊지는 않았지. 근데 우리도 사람이잖아. 누나가 넘으니까 당연히 조바심이 생기지. 괜히 우리가 바보같이 느껴지고. 부족해 보이고. 그런 생각이 자꾸 드니까 그렇지."

루의 말이 있고, 그때까지 조용히 있던 막내가 입을 열었다.

귀염성이라고는 하나도 없는 말투와 어조로.

"언니는 천재잖아요. 저희가 이해해야 해요."

미오의 말은 사실이라고 루는 생각했다. 그렇게 생각하니 절로 고개가 끄덕여졌다.

유라는 천재였다.

나이 차이는 분명히 있지만, 수련을 시작한 시간과 수련에 쏟아부은 열정도 사 남매는 거의 똑같았다.

하지만 언제나 압도적으로 치고 나가는 건 첫째인 유라였다.

초급의 경지도 유라가 가장 먼저 도달했고, 나머지 셋이 초급의 경지에 도달할 때쯤 유라는 중급으로 올라갔다.

그렇게 최상급까지 가장 먼저 가더니… 이번엔 혼자서 벽마저 넘어버렸다.

그게 벌써 일 년 전의 일이다.

그만큼 유라는 천재(天才)였다.

하지만 루의 생각은 조금 달랐다.

"천재긴 천재지……. 하늘이 내린 재앙. 아… 누나 옆에 있는 우리에게 누나의 재능은 재앙이야, 재앙."

천재(天災).

이게 루가 생각하는 유라의 재능의 정도였다.

보통 사이었으면 이런 소릴 들으면 기분 나빠할 법도 하지만, 이미 철이 들기 시작했던 다섯 살 무렵부터, 그러니까 루가 다섯 살 때부터 함께 산 사 남매니 이 정도 소리야 애교다, 애교.

가끔은 더 심한 말도 하고는 했다.

그게 유라에게 반항하는 거였다, 사춘기라는 이유로. 하지만 돌아오는 건 유라의 무자비한 구타였다.

유라는 발도 빨라서 도망치지도 못했다.

웃기게도 가장 거추장스럽고 큰 무기인 창을 주 무기로 쓰면서도 유라의 발이 가장 빨랐다. 재능 자체의 차이.

이걸 뿌리치고 유라에게서 도망치지도 못했다.

유라는 언제나 따뜻하고 자상하다.

하지만 대들면?

결코 그냥 두지 않았다.

다음에는 절대 못 그러게 아주 따끔하게, 아니, 철저하게 교육시켰다. 그게 맏언니, 누나인 유라의 교육이었다.

그래도 루는 그런 유라의 교육에 큰 불만을 품진 않았다.

"어머, 그건 좀 심했다. 후후."

“심하긴, 하나도 안 심해. 누나의 존재는 란스나 미오한테
는 어떻게 느껴질지 모르지만 나한테는 재앙이야. 누나가 옆
에 있으니 아주 제대로 죽겠어. 자격지심까지 든다니까?”

“후후, 루는 농담도. 자자, 일주일 후 마을에는 누가 갈래?”

“내가. 내가 갈게. 미오, 같이 갈래?”

“네.”

사 남매의 성격은 참 특이했다.

일단 대화가 시작되면 모든 대화는 루와 유라가 했다. 나머
지 둘은 그냥 동조만 하는 정도였다. 그만큼 하나는 묵직했
고, 하나는 차갑다 싶을 정도로 말이 없었다.

그리고 루는 유라에게 반말을 하는 반면, 루의 두 동생은
유라에게 언제나 말을 높였다. 유라는 루가 말을 놓는 것도
신경 쓰지 않았고, 둘이 말을 높이는 것도 신경 쓰지 않았다.

그저 동생들이 편하게 하도록 내버려뒀다.

“란스, 검은? 아직 멀쩡해? 너 요즘 툭하면 분질러 먹잖
아.”

“몇 자루 안 남았습니다.”

“그치? 그럴 줄 알았다. 그래서? 저번에 올 때 거의 백 자루
가까이 사왔는데 진전은 좀 있어?”

“아직… 없습니다.”

루의 물음에 란스의 얼굴이 조금 굳었다.

요즘, 아니 한 반년 전부터 란스가 하는 수련은 딱 세 개였

다. 하나는 기초 체력훈련, 또 하나는 검술 기초훈련, 마지막은 바위 베기.

이 마지막 수련 때문에 란스가 분질러 먹은 검만 해도 반년 동안 거의 80자루.

란스의 무기는 양손검에 들어가는 플랑베르주다.

플랑베르주(Flamberge).

날 부분이 불꽃 모양으로 생긴 장검이다.

기본적으로 길이는 란스가 직접 주문하는 데, 길이 1미터 30센티. 검폭은 4센티로 주문했다. 검 외관의 모습도 상당히 아름답다. 하지만, 진짜는 외관이 아닌 베기 공격에서 나온다. 불꽃 모양으로 이루어진 날이기 때문에 공격이 성공하면 상대에게 진짜 깊은 치명상을 입힌다. 거기다가 란스는 굉장한 거력을 타고났기 때문에 이 플랑베르주를 한 손으로도 사용하기가 가능했다. 물론 양손일 때보다 정교함이 떨어지긴 했다.

어쨌든 란스는 이 플랑베르주로 바위를 베는 훈련을 했다.

무모하게도.

"저번에 주문 많이 해놨으니 가면 얼추 다 만들어졌겠지. 그러니 네가 할 일 알지? 창고에 있는 약초랑 가죽들 다 말려놔. 특히 비싼 건 알아서 잘 추려놓고. 내 게 제일 많으니까. 그 정도는 해. 알았지?"

"네, 형님."

어차피 사 남매 전부가 산에서 자랐기 때문에 약초를 취급하는 방법은 다들 마스터한 상태다. 그리고 트롤 산은 금지(禁地). 사람의 발길이 닿지 않기 때문에 약초도 매우 많았다. 개중에는 값비싼 값에 거래되는 약초도 수두룩했다.

돈 걱정은 문제없었다.

"미오는 어차피 나랑 같이 가니 상관없고, 유라 누나는? 뭐 필요한 거 없어?"

이번에 나가는 게 루 본인이다 보니 직접 구해와야 할 품목의 리스트를 짜는 루. 일 년에 한 번은 꼭 해봤던 일인지라 리스트를 짜는 루의 모습은 자연스러웠다.

"나는 무기는 됐어. 어차피 벽을 넘으면 무기는 무의미해져. 나는 그냥 의복이랑 속옷만 좀 부탁해."

뭔가 굉장히 중요한 말을 한 것 같지만 루는 그저 대수롭게 생각하지 않고 넘겼다. 어렴풋이 이해하고 있었기 때문이다.

"쳇, 자랑은……. 알았어."

"후후."

유라의 대답에 루는 시큰둥하게 대답하고는 바로 고개를 돌렸다. 그리고 그런 루의 행동이 재미있는지 후후하며 입을 가리고 있는 유라.

"에이, 나는 그만 잘래. 더 할 말 없지. 누나?"

"응, 오늘은 이만하자."

그걸 끝으로 사 남매의 가벼운 담소는 끝났다. 이제 루는 잔다고 했으니 잘 것이고, 나머지 셋은 더 수련을 하든지, 아니면 루처럼 자든지 할 것이다.

이게 아주 기본적인 사 남매의 일상이다.

뭐하나 특별할 것 없는 일상.

셋이 나가고, 루는 잠시 천장의 나무무늬를 보다가 곧 서서히 잠에 빠져들었다.

*　　*　　*

시원한 새벽 공기가 유입되는 걸 느끼며 눈을 뜬 루.

"으음……."

더군다나 잠깐 눈을 떠보니 이미 오두막 안은 환하기까지 했다. 란스가 먼저 일어나며 오두막 곳곳의 창문을 연 것이다.

그런 현 상황에 루는 짜증이 왈칵 치밀어 올랐다. 워낙에 저혈압이라 아침에 상당히 약하기 때문이다.

"란스……. 창문 좀……."

늘어지는 목소리로 란스에게 부탁하는 루.

"아침 하실 시간입니다, 형님."

묵직한 목소리의 대답이 들렸다.

"아, 맞다. 아침……. 아아, 싫다. 란스, 오늘 한 번만 대신해주면 안 될까……?"

"유라 누님한테 혼납니다."

유라가 싫어하는 것 중에 하나가 바로 자신의 일을 남에게 떠넘기는 행동이다. 예전에 몇 번 그랬다가 아주 탈탈 털리듯 이 혼난 경험이 있는 루다.

"하아…… . 유라 누난 정말 악의 축이다, 악의 축."

깊은 한숨과 함께 자리에서 꾸물꾸물 일어나는 루. 침대에 앉아 눈을 비비며 정신을 차라는 사이 란스는 어느새 밖으로 나갔다.

아침에 가장 부지런한 사람이 란스와 미오다.

원래는 첫째, 둘째가 부지런해야 하는데 사 남매들은 달랐 다. 제일 게으른 게 루, 다음이 유라. 그다음은 없다.

마찬가지로 가장 부지런한 사람이 란스와 미오, 그 뒤도 역 시 없다.

유라는 요즘 놀기 바쁘고, 루는 자신의 할 일만 딱 하고 쉬 는 스타일이기 때문이다.

루는 일어나 앉아서도 한참 동안 정신을 차리지 못했다.

20분.

무려 20분이나 걸려 잠에서 깬 루는 양손을 쭉 뻗어 늘어지 게 하품을 한 번 더 하고는 밖으로 나갔다.

가볍게 산나물을 만들어 아침상을 차린 루.

아침을 먹고 나자 시간은 8시 정도였다.

오두막으로 돌아가 한숨 더 잘까 하던 루는 그래도 수련은 해야겠다 싶은 생각에 자신의 무기를 챙겨 밖으로 나왔다.

휘이잉.

분지라 그런지 시원한 바람이 참 자주 분다.

"음……. 오늘도 비는 안 오겠네."

자신의 수련장으로 걸어가던 루는 하늘을 잠깐 힐끗 보고는 중얼거렸다.

대체 왜인지 모르지만 체르니 왕국은 일 년 중 거의 반년이 조금 안 되는 날 동안 비가 내린다. 지역 특성인지 아니면 저주라도 걸린 건지 반년 동안 비가 온다.

그러니 나라 자체에서 뭔가가 나올 수가 없는 특성이다. 농사도 힘들고, 그렇다고 어업도 힘들다.

산에서의 약초 채취?

그나마 자라는 약초도 대부분 습한 곳에서 자라는 약초가 대부분이다. 독초 또한 마찬가지고.

왕국이 운영되려면 수입원이 필요한 건 당연한 일이다.

왕국 자체의 수입원보다 국민의 수입원 말이다. 그래야 세금을 내고, 그 돈으로 왕국이 운영될 수 있으니까.

하지만 그래도 왕국은 어찌어찌 돌아갔다.

사람들은 생존을 위해서라면 무슨 일이라도 하니까. 더불어 무엇이라도 창조해 낼 수 있는 게 인간이라는 동물이니까.

어쨌든 이런 왕국의 특성 때문에 역시나 트롤 산에도 많은 비가 내렸다. 그래서 수련장은 자연적으로 생성된 동굴과 외부에 마련된 개인수련장 등이 있었다.

수련장에 도착한 루.

그러나 수련을 시작하기도 전에 인상을 찌푸려야 했다.

"여긴 웬일이야?"

"흠……. 후우……. 그냥 심심해서."

수련장 한쪽에 있는 바위 위에 비스듬히 누워 요즘 들어 맛들린 연초를 피우고 있는 유라의 모습 때문이었다.

긴 막대기를 물고 있는 유라의 모습은 또 어제와는 색다른 모습이었다.

"심심하면 잠이나 잘 것이지. 왜 동생 수련장에 방문해서 행패실까?"

검을 내려놓고 몸을 풀면서 하는 루의 말에 유라는 '후후' 하고 웃었다. 사실 초인의 영역에 든 유라는 이제 육체적인 수련은 필요가 없는 경지였다.

초인의 길에서의 성장은 전부 정신적인 성장을 바탕으로 이루어진다고 스승님이 그랬다. 이미 육체도 한계치에 오른 유라다. 그러니 그걸 바탕으로 초인의 벽을 넘을 수 있었다.

그래서 이제는 정신 수련만 하는 유라다.

매일 밤에만.

그러니 낮에는 한가했다.

즉, 할 게 없다는 소리.

“잠이 안 와서. 후후.”

“아, 누나 정말……. 방해된다고.”

“괜찮아, 괜찮아. 누나는 없는 사람 치고 수련해.”

빠직.

혈관이 루의 이마에 훅 돋아났다.

“그게 될 거라 생각해?”

“될 걸?”

“난 안 돼!”

“후후, 그래도 되게 해봐. 앞으로도 수련 아무도 없는 곳에서만 할 거니? 사람이 있어도 훈련하는 방법을 깨달아야지.”

“하아, 정말……. 누난 진짜 못 말리겠다.”

“후후후. 후우… 참, 걱정 마. 오래 안 있을 거야. 좀 있다가 애들 도와주러 갈 거거든. 아직 누군가 도와줄 단계는 아니지만 강제적인 방법을 쓰면 방법이 없는 것도 아니지. 후후.”

“그럼 지금 가든지!”

“루, 너부터 좀 보고.”

“…….”

후우, 하얀 연기가 유라의 입을 통해 빠져나와 허공으로 하늘거리며 올라갔다. 그리고 흐트러졌다.

루는 체념할 수밖에 없었다.

유라의 말이 사실이긴 했다.

란스와 미오의 경지는 상급의 경지.

이제 최상급, 벽으로 향하는 경지였다.

그러니 조언보다는 스스로 여는 게 좋을 경지다. 어차피 서로 특성이 달라 유라가 둘에게 줄 수 있는 건 현재는 없었다.

만약 강제적인 방법을 동원한다면 말이 달라지지만, 유라는 현재 그럴 생각은 없어 보였다. 딱 지금은.

그리고 루도 제 코가 석자라 조언 같은 건 못했다. 자신은 최상급의 경지에 올라서 있다. 누군가의 도움으로 넘을 수 있는 경지가 절대로 아니었다. 오직 혼자, 혼자의 힘으로 이 경지를 넘어야만 했다.

유라의 저런 행동은 현재 루의 경지를 짚어보기 위함이 분명했다. 그래서 그걸 아는 루인지라 결국엔 수긍할 수밖에 없었다.

대화를 끊고는 수련 준비를 하는 루.

요즘 루의 훈련은 간단했다.

현재 자신의 성장을 가로막고 있는 거대하고, 단단하고, 높은 벽.

그 마음속의 벽을 깨뜨리는 훈련만 한다.

"후우……."

무기를 양손에 잡고는 두 눈을 천천히 감는 루.

양손에 들린 샴쉬르가 햇빛을 받아 반짝거렸다.

샴쉬르(Samshir).

체르니 왕국이 있는 대륙이 아닌, 다른 사막 대륙에서 넘어온 무기의 일종으로 그곳의 전사들이 주로 사용하는 한손무기다.

길이 90센티.

폭은 조금 넓은 4센티 정도다.

셋째 란스가 쓰는 플랑베르주처럼 거의 베기 공격 위주로 쓰이는 무기다.

하지만 루는 이 한손무기를 양손으로 썼다. 두 손으로 잡는 게 아닌, 한 손에 하나씩 들고 쓴다는 소리다.

이걸 보면 루의 전투 스타일을 어느 정도 알 수 있었다.

"후우, 후우……."

눈을 감고 마음속에 벽을 만들어내기 시작하는 루.

사부에게 배웠던 심상수련이 루의 수련의 요체다.

'됐다.'

마음속에 거대한 벽이 세워졌다. 거리는 바로 몇 걸음 앞. 그리고 벽이 다 만들어지자 무지막지한 압박이 오기 시작했다.

초인의 길을 말고 있는 벽이니 어느 정도일지 알만도 했다.

까드득.

이가 절로 갈리며 몸이 떨리기 시작했다.

뚝.

뚝.

더불어 땀까지 조금씩 맺히더니 곧 이마에서 볼을 타고, 이마에서 코를 타고 바닥으로 떨어졌다.

"후우……. 호오."

연초 연기를 길게 내뱉은 유라가 루의 수련 모습을 보더니 싱긋 웃으며 호기심 맺힌 미소를 지었다.

루의 수련은 항상 특별났다.

사 남매를 거뒀던 스승님도 항상 루에게는 육체적 수련보다는 마음수련을 더욱 시켰다.

그때는 왜 그랬는지 몰랐는데, 나이가 들면서 초인을 넘자 그 이유를 요즘은 절실하게 느끼고 있었다.

유라가 그런 생각을 할 때 루의 전신에서 조금씩 기세가 뿜어졌다.

그건 살기.

어이없게도 루는 자신을 가로막고 있는 벽을 무생물이 아닌, 생물로 인식하고 죽이려고 하고 있었다.

무생물의 벽을 베는 게 아닌 생물체로 인식하고 죽이려고 하고 있다는 소리다.

화르르.

무시무시한 살기다.

바위 위에 앉아 있던 유라의 피부가 따끔거릴 정도로.

사 남매의 스승이 루에게는 정신수련을 많이 시킨 이유, 바로 이것이었다.

루는 잔인하다.

살기가 너무 짙었다.

재능은 뛰어나나 그 기본 심성에 너무 살기가 짙어 그걸 제어하려 정신수련을 그렇게 많이 시킨 것이었다.

'뭐……. 어쩔 수 없나.'

유라는 속으로 그렇게 생각했다.

그리고 더불어 유라가 루를 처음 만났을 때를 떠올렸다.

둘은 같은 마을 출신이었다.

그리고 고아였다.

유라가 루를 처음 만난 장소는 어느 집 안에서였다. 구걸을 하러 들어간 집에서 유라는 루를 만났다.

피 웅덩이 속에서 미소를 짓고 있던 루를.

시작부터 그랬던 루다.

그때 아마… 어딘가 하나 부서지지 않았을까.

유라는 그렇게 생각했다.

살기가 점점 짙어졌다.

반드시 죽이겠다는 의지.

눈앞의 벽을 반드시 죽이겠다는 의지를 루는 온몸으로, 온 마음으로 쏟아내고 있었다.

"후우, 후우……."

루는 보고 있었다.

꿈틀거리며 점점 더 자신을 압박하고 있는 벽을.

실체도 아니고, 허상도 아니다.

하지만 실체라고 해도 맞았고, 허상이라고 해도 맞았다.

'죽인다. 죽인다. 죽인다……'

속으로 루는 외치고 또 외쳤다.

이게 루의 앞을 막고 있는 벽이다.

최상급에 올라서고 1년이 지난 어느 날 갑자기 자신을 덮친. 발버둥쳐서 벗어났더니 그 이후부터는 자신의 앞을 딱 막고 절대로 비키지 않고 있었다.

그래서 요 근래에 들어 루는 그걸 뛰어넘거나, 돌아가거나, 뚫거나, 베거나. 그런 생각을 하지 않았다.

차라리 죽인다.

생물로 간주하고 죽이겠다.

이렇게 생각하고 있었다.

루다운 생각이었다.

'죽인다. 죽인다. 반드시… 반드시 죽인다.'

그 생각이 끝나고, 루의 살기가 정점을 찍었다. 마치 난폭한 야수처럼 줄기줄기 살기를 흘리던 루. 그리고 곧 움직였다.

순식간에 삼보 앞으로 이동.

그리고 손에 들린 샴쉬르가 미친 듯이 춤추기 시작했다.

난도질.

일정한 기술이 아닌, 그냥 마구잡이로 난도질을 쳤다.

위로.

아래로.

대각으로.

베고, 베고, 베고 또 벴다.

허공에 루가 휘두르는 삼쉬르에 위해 수없이 많은 잔영(殘影)이 나타나기 시작했다. 무언가를 해칠 그림자.

만약 앞에 진짜 사람이나 동물이 있었다면 아예 갈가리 찢기고, 갈렸을 것이다.

루는 멈추지 않았다.

올려 베고, 내려 베고.

교차하면서 계속해서 베어냈다.

그 움직임은 루의 근지구력, 그리고 체력이 떨어질 때까지 계속됐다. 그리고 마침내 다 떨어졌는지 루가 멈췄다.

동시에 피부가 따끔거릴 정도로 농도 짙은 그 살기는 씻은 듯이 사라졌다.

스윽.

"헉, 헉헉……."

챙그랑.

두 손에서 칼을 놓고 무릎을 붙잡고는 허리를 숙인 루.

숙인 루의 얼굴에서 땀이 비 오듯 쏟아졌다.

"후우, 후우, 젠장……."

호흡을 고르던 루가 곧 짜증 섞인 욕설을 내뱉었다.

그 이유는 간단했다.

죽이지 못했다.

난도질 쳐서 죽이려고 했는데, 마음속의 벽을 생물로 인식한 다음 죽이려고 했는데, 베이기만 했을 뿐, 죽지 않았다.

결국 넘지 못했다는 소리다.

짝짝.

탁.

"칼춤 잘 봤어. 후후."

꿈틀.

바위에서 내려오며 유라가 한 말에 루의 눈썹이 꿈틀거렸다. 지금 저 말로 기분이 상했다는 증거다.

"기분 나빠, 루?"

"응, 매우. 많이. 아주 기분 나빠."

후우.

그렇게 말하고 루는 상체를 세웠다. 하지만 표정은 다시 원상태로 돌렸다. 기분 나쁘긴 해도 유라에게 대들만큼 루도 생각이 없진 않았다.

그리고 솔직히 말해 대들어봤자 좋은 꼴 보긴 힘들었다.

유라가 누군가.

루를 포함한 두 동생을 실질적으로 이끄는 가장이기도 하지만, 그것보다 더 중요하고 유라를 잘 잘 성명하는 건 이미 유라는 초인이라는 것.

대륙에 공식적으로 알려진 육십 명의 초인.

유라는 그 육십에 포함되지 않는 비공식 초인이다.

까불고, 대들고, 개개어 봤자 돌아오는 건 뒈지게 맞는 것밖에 없다.

루는 그걸 잘 알고 있었다.

"그래도 대들진 마. 알았지?"

"응."

루는 가볍게 대답하고 유라가 내려온 바위로 갔다.

평평한 바위는 수련 중 힘들 때 루가 쉬던 장소다. 위에 큰 나무까지 있어 햇빛도 멋지게 막아주는 최고의 쉼터였다.

털썩.

"하아, 힘들어."

"루."

"응?"

어느새 같이 자리를 잡은 유라가 루를 불렀다.

"벽, 죽일 수 있겠어?"

"음……. 모르겠어."

루는 솔직하게 대답했다.

죽일 수 있을지 없을지, 솔직히 감이 안 잡혔다. 몇 번 시도해 본 결과 그냥 베는 걸로 끝이다. 그것도 겉만.

"루가 하는 방법도 맞는 방법이긴 해. 누나도 루랑 비슷하게 했어."

"음? 어떻게?"

여태껏 유라는 정확히 자신이 어떻게 벽을 넘었는지 제대로 말해주지 않았다. 그냥 자연스럽게 넘었다.

어제처럼 그렇게 말한 게 전부였다.

루의 시선이 자신을 향하자 유라는 조용히 입을 열었다.

"태웠어."

"응? 뭐……?"

싱긋.

감은 눈으로 싱긋 웃은 유라. 그녀의 입이 다시 열렸다.

"불로 태웠어. 몇 날 며칠 동안. 쉬지 않고 계속 불붙여서 태웠어."

"……."

무식하긴.

순간 그 말이 나올 뻔한 루지만 눌러 삼켰다. 그걸 말했으면 아마 당장에 한 대 쥐어 터졌으리라.

"어려웠어. 왜, 기억나? 누나가 한 달 넘게 동굴에서 안 나온 날."

"아아, 응. 나오면서 누난 초인이 되어 있었지. 기억하지. 아주 잘. 작년 이맘때쯤이었지. 아마?"

"응, 맞아. 한 달 동안 누나는 벽을 태우기만 했어. 너처럼 심상수련으로 벽을 세운 다음, 신 나게 불로 지졌지."

“그랬더니 그게 타?”

“응, 타더라. 아주 잘 타던데? 제대로, 제대로만 붙이면 그냥 타. 루. 루의 현재 수련하는 방법도 맞아. 누나랑 했던 길이랑 비슷하네. 후후. 열심히 해. 다만, 조급해하면 안 돼. 스승님 말씀 기억하지? 조급해하는 순간 벽은 더 단단해진다고 했던 말. 누나는 조급해하지 않았어. 태울 자신이 있었으니까 동굴로 들어갔고, 죽을 것 같았으니 몇 날 며칠을 불로 태운 거야. 그러니 루도 준비가 되면 누나처럼 동굴로 들어가. 아무것도 생각하지 않고 벽을 죽일 생각만 하는 거야.”

“음…….”

“루, 이번에 마을 갔다 오면 동굴로 들어가. 알았지?”

“좋아, 알았어.”

조용히 말하는 유라지만 거기에는 루가 거역 못할 힘이 있었다. 첫째의 힘이기도 했지만, 초인의 말에 담긴 언어의 힘이기도 했다.

“그럼 그때까지 수련은 중지. 누나랑 놀자.”

싱긋.

유라가 웃으면서 말했다.

꿈틀.

“싫어.”

루는 단박에 싫다고 대답했다.

유라가 놀자고 하면 항상 피해자는 루였다.

"애들 도와주는 놀인데?"

"음?"

하지만 이런 놀이는 좋아했다.

애들 도와주는 놀이.

"할 거지?"

"…응."

싱긋.

두 사람은 동시에 웃었다.

아마 강제적인 도움을 줄 작정인가 보다.

*   *   *

휙!

사악!

늘씬하게 예쁜 몸을 가진 은발 머리 여성이 자기 키보다 조금 작은 도를 휘두르고 있었다. 대륙에는 세 개의 제국이 있다.

동쪽의 비옥한 농토를 지배하고 있는 제국 알스테르담.

북부의 거친 초원과 얼어붙은 대지를 기반으로 살아가는 거친 제국 발바롯사.

그리고 그런 대륙을 감싸듯이 펼쳐진 바다 위를 장악한 제국 악시온.

은발 머리 여성, 미오가 쓰는 무기는 바다 위의 전사들이 쓰는 무기인 대태도(大太刀)였다. 검의 폭은 좁지만, 그 길이가 기본 1미터 50센티는 넘는 무기.

미오의 키가 170을 넘는 걸 감안하면 이 무기는 상당히 쓰기 까다로운 무기였다. 하지만 지금은 이미 익숙하다 못해 거의 미오와 한 몸이라고 봐도 좋았다. 어렸을 적부터 자신이 고른 무기다.

사 남매의 사부는 남매가 쓸 무기를 억지로 쥐어주지 않았다. 자신만의 무기를 고를 시간이 되면 직접 고르게 했다.

첫째인 유라가 창을 골랐고, 둘째인 루는 다른 대륙의 사막 전사들이 쓰는 검을 두 자루나 선택했다. 셋째인 란스는 자신의 몸에 걸맞게 거검을 골랐고, 미오는 늘씬하게, 날카로운 선을 자랑하는 대태도를 골랐다.

모두가 성향이 달라 일어난 일이었다.

그리고 그때부터 지금까지 미오는 오직 이 대태도만을 연습했다.

"후우……."

나무 밑에 도를 늘어뜨리고 선 미오.

루와 마찬가지로 심상수련을 하기 위해서였다.

상급기사의 경지에서 벌써 꽤나 오랜 시간 동안 막혀 있던 미오다. 요즘 들어 조금씩 조바심이 들기 시작했다.

언니인 유라는 벌써 초인의 경지에 올랐다.

그것도 일 년 전에.

사부님이 예전부터 '유라야, 너는 정말 재능을 타고났구나'. 이런 소리를 했었다. 하나를 가르치면 열을 아는 게 아닌 그 하나를 완벽하게 깨닫고 다음 단계로 넘어간다.

그렇다면 천재가 아니지 않은가? 이렇게 생각할 수도 있겠지만 그것도 아니었다. 유라는 그 하나를 완벽하게 자기 것으로 만드는데 그렇게 오랜 시간이 걸리지 않았다.

그렇게 하나씩 터득하고 계속해서 다음 단계로 올라갔다.

사부가 가진 모든 것을 자기 것으로 만들면서.

그리고 사부가 2년 전에 죽고, 1년 후 유라는 초인이 됐다.

첫째 오빠인 루.

루도 마찬가지로 거의 천재였다.

유라에게 뒤처지고 있다는 것이 싫은지 루는 필사적으로 노력했다. 진짜 필사적이라는 말이 어울릴 정도로 루는 자신을 스스로 몰아붙였다.

거의 1년의 시간을 두고 유라의 뒤를 쫓은 루.

그렇게 루는 사부가 죽던 해, 최상급의 경지에 올랐다. 하지만 그 이상의 진전은 없었다. 유라가 초인에 오르자 더 이상 쫓을 수 없다는 생각이 들었는지 그 필사적인 수련을 멈췄다.

그리고 만사를 귀찮아 하기 시작했다.

하지만 그렇다고 해도 루는 최상급의 기사다.

아무리 요즘 수련을 게을리한다고 해도 그 사실만은 변하지 않았다.

둘째 오빠인 란스.

그는 앞의 둘만큼 천재도 아니었고, 노력파도 아니었다. 그저 꾸준히 사부에게 배운 걸 연습할 뿐이었다. 조급해하지도 않았다.

그저 묵묵히 수련에 열중할 뿐이었다.

그리고 자신.

미오는 스스로 요즘 답보상태라고 느꼈다. 어떤 수련을 해도 도통 늘지가 않았다. 이미 육체적인 수련이야 거의 끝을 본 상태다.

여성으로서 이룰 수 있는 극한의 육체.

이미 유라가 이뤘듯이 미오도 육체의 단련은 이미 끝난 상태였다. 더 이상 육체적인 수련을 해봐야 필요없는 근육이 붙어 도를 휘두르는 데 방해만 될 게 분명했다.

"하아……."

세 남매가 심상 속에 떠올랐다 사라지자 미오는 한숨을 내쉬었다.

그리고 감았던 눈을 떴다. 변한 건 아무것도 없었다.

확실히 사 남매 중에서는 자신이 가장 떨어진다고 생각했다. 그게 미오의 길을 막고 있는 작은 벽이었다.

스으으으……

“음……..”

순간 미오는 생각을 멈추고 자세를 낮췄다.

진원지를 알 수 없는 살기, 누군가가 흘리는 무시무시한 살기가 느껴졌다.

스윽.

도를 뒤로 빼고 언제든 뿌릴 수 있게 미오는 서둘러 자세를 잡았다.

스으으으…….

살기가 한층 강해졌다.

꿀꺽.

이런 살기를 대체 누가 흘리는 걸까. 이곳에는 우리밖에 안 사는데. 그런 생각을 할 시간도 없었다.

살기란 대상을 죽이려는 마음이다.

그게 미오에게 온전히 집중되자 미오는 꼼짝도 할 수 없었다.

“으으…….”

과도하게 강해진 살기는 점차 미오를 압박하더니 이내 미오의 정신에 공포라는 감정을 생성하기 시작했다.

딱딱딱.

이가 떨리기 시작하고.

두 눈이 사정없이 떨리기 시작했다.

미오는 태어나서 한 번도 이런 살기를 받아본 적이 없었다.

예전에 어렸을 때 옆 산의 제왕이 토해낸 피어에 하루 종일 무서워서 울고 그랬던 적은 있지만 지금은 그것도 극복했다.

'누구냐!' 라고 외칠 용기도 나지 않았다.

자신의 뭔가 소리를 내면 이 살기를 뿌리는 정체불명의 적이 자신의 몸에 사정없이 구멍을 낼 것 같았다.

'죽기 싫어……'

어느새 미오의 마음은 이제 죽는다는 생각을 하고 있었고, 그래서 죽기 싫다는 생각으로 변해 있었다.

스으으으…….

사아아아…….

살기가 점차 강해졌다. 지금도 무서운데, 자신을 옥죄는 살기는 점차 강도를 더해갔다. 미오의 안색이 하얗게 탈색되기 시작했다.

핏기가 가시는 모습.

마치 질식이라도 한 모습이다.

이건 미오의 전신 근육이 과도하게 굳어서 피가 안 통해 생기는 증상이었다.

'죽기 싫어……'

저도 모르게 뒷걸음질.

틱.

그리고 그 뒷걸음질은 바닥에 있던 돌멩이를 툭 쳐버렸고, 작지만 또렷한 소음을 발생시켰다. 살기만 흘렀지, 고요했던 정적이 깨졌다.

순간 그 정적이 깨지자마자 미오의 뒤에서 무언가가 가히 빛의 속도로 날아들었다.

'으으…… 죽기 싫어!'

순간 시간이 훅 떨어지며 사물이 느려지는 기묘한 감각을 미오는 경험했다. 뒤에서 날아드는 적을 향해 미오는 천천히 신형을 돌렸다.

그리고…….

까강……!

미오의 도가 빛살처럼 휘둘러지며 그 가공할 살기를 뿌리던 적의 공격을 막았다. 하지만 미오는 자신의 막았는지, 못 막았는지 자각도 못했다.

그저 느려진 세상 속에서 존재했다.

"미오, 정신 차려."

"아……."

번쩍.

그리고 들려온 그 말에 미오의 정신의 빠르게 현실로 돌아왔다.

"언니……?"

"응, 언니야."

싱긋.

정신을 차리고 나자 감은 눈으로 싱긋하고 따뜻하게 웃는 유라의 모습을 미오는 볼 수 있었다.

"아……."

툭.

그리고 미오는 유라의 얼굴을 확인하자 바로 바닥에 주저 앉았다. 그만큼 좀 전의 경험이 무서웠기 때문이다.

"이런, 무서웠니."

"……."

끄덕끄덕.

넋이 살짝 나간 얼굴로 미오는 유라의 말에 고개를 끄덕여 대답했다. 사실 말할 힘도 없었다.

"쯔쯔, 그게 애들 도와주는 장난이야? 두 번 했다간 애 잡 겠네. 잡겠어."

숲을 헤치며 루가 모습을 드러내며 말했다.

"후후, 좀 심했나? 하지만 미오는 이 정도만 해주면 자각할 것 같았거든. 그리고 봐봐, 멋지게 성공했잖아?"

유라가 미오를 등 뒤에서 따뜻하게 안으며 루의 말에 반박 했다.

"성공하면 뭐해. 애가 이 모양인데. 미오, 괜찮아? 다친 데 는?"

"……."

도리도리.

미오는 힘이 없어서 그냥 유라의 가슴에 등을 기대고는 고개만 흔들어 대답했다. 외관상 다친 데는 분명히 없었다.

"아니, 아니. 몸 말고. 여기 말이야, 여기."

하지만 루는 미오의 대답에 고개를 흔들더니 다시 자신의 머리를 톡톡 치며 말했다.

"……. 조금."

"이럴 줄 알았어. 누나……!"

미오가 루의 말뜻을 이해하고 대답하자 루는 인상을 팍 찡그리더니 유라를 확 노려봤다. 루가 물어본 다친 곳은 정신이었다.

그 정도의 살기를 받았는데 정신이 멀쩡할 리 없었다. 맹수 앞에 서봤던 사람은 나중에 맹수 비슷한 그림자는 조각만 봐도 움찔하고 놀란다.

트라우마로 남는다는 소리다.

루가 물어본 건 그거였다.

"후후, 괜찮아. 그만큼 얻은 것도 있잖아? 미오야. 좀 전에 내가 공격했을 때 기억해?"

"네……."

"그때 뭔가 느꼈지?"

"…네."

"잊지 마. 그 감각. 나중에 큰 도움이 될 거야."

"……."

유라의 말에 미오는 생각에 빠진 듯 대답이 없었다. 그 모습을 지켜보던 루는 혀를 찼고, 유라도 천천히 미오를 안았던 손을 풀고는 자리에서 일어났다.

"누나, 그거 란스한테는 하지 말자."

"왜?"

"란스는 충격요법이 먹히지 않는 스타일이야. 개는 우직하게 수련하게 두는 게 좋아. 사부님도 그러셨잖아. 란스는 꾸준한 수련만이 초인으로 오르는 길이라고."

"아, 그러셨지. 참? 그래야겠다."

생각났다는 듯이 손뼉을 짝 친 미오는 곧 다시 웃고는 천천히 걸음을 옮겼다. 그리고 미오의 수련장을 빠져나가기 전 아직도 생각에 빠져 있는 미오에게 한마디를 남겼다.

"축하해, 미오. 최상급에 올라선 것을."

"……"

물론 미오는 대답이 없었다.

Chapter
02
마을로 가는 길

　미오가 최상급으로 오르고 이틀 후, 조금 자극을 받았는지 란스도 최상급으로 올라섰다. 그렇게 검을 분질러 먹더니 기어코 바위를 베어낸 것이다.

　기운을 싣지 않은 검으로 바위를 베기란 정말로 힘들다. 아니, 힘든 정도가 아니라 검이 정말 좋은 명검이 아니라면 거의 불가능하다고 봐야 했다.

　하지만 란스는 그걸 극도의 집중력과 순간적인 힘 그리고 내려치는 속도를 곁들여 결국에 베어냈다.

　물론, 완벽하게 베었다기보다는 거의 부쉈다는 표현이 더 어울리는 단어였다.

하지만 이 정도도 정말 대단한 일이었다.

이 정도면 웬만한 갑옷 따위는 그대로 앞면을 강타함과 동시에 속을 부숴버릴 수 있다고 보면 좋았으니까.

그렇게 두 동생이 기사 최상급의 경지에 들고 조금 시간이 지난 후, 루는 마을로 내려가기 위해 준비하고 있었다.

"약초는 다 챙겼니?"

"란스, 다 챙겨 넣었지?"

"네. 형님."

"다 챙겼대."

"너 또 란스한테 준비시킨 거야?"

찌릿.

루의 대답이 마음에 들지 않았는지 유라가 감은 눈으로 루를 살짝 째려봤다. 재밌는 건 감은 눈이라 눈동자가 보이지도 않는데 그 느낌이 정말로 들었다는 사실이다.

루는 그게 참 신기했다.

하지만 뭐, 한두 번도 아니니 그냥 그러려니 하며 유라의 말에 대답했다.

"나는 백열탄 챙겼어. 이번에도 영감님 좀 챙겨주려고. 그리고 갔다 오는 건 나잖아. 왜 이래? 내가 고생하는 건데 어차피?"

"그래도 너무 란스한테 시키지 마. 할 일은 자기가 알아서."

"아아, 알았어."

루는 손을 저어 유라의 말을 막고는 등 돌려 오두막을 나섰다. 밖으로 나가자 이미 준비를 끝냈는지 엄청난 크기의 배낭을 집어 멘 미오가 보였다.

"준비 다했어?"

"네."

"출발하자."

"네."

루도 큼지막한 배낭을 멘 상태였는데, 그 크기는 미오의 것보다 더욱 컸다. 그리고 겉으로는 방수천이 둘러싸여 있어 굉장히 답답해 보이기도 했다.

"조심히 갔다 와. 더스틴 할아버지에겐 안부 전해주고."

"응."

휘적휘적.

오두막에 남는 둘의 배웅을 받으며 산을 내려온 루는 곧 산을 기점으로 북으로 걷기 시작했다.

목적지는 산에서 삼 일 거리에 있는 피치에 마을.

매년 몇 번씩 가는 마을이다.

"음……. 미오, 하늘 좀 봐 봐. 이거 어째 비 올 거 같지?"

"네, 좀 있으면 떨어질 거 같아요."

"그치? 하아, 왜 난 항상 산만 내려와서 마을에 가려고 하면 비가 올까? 산에서 움직이지 말라는 뜻인가?"

　“…….”

　루의 한숨 섞인 말에 미오는 대답하지 않았다. 미오도 잘 알기 때문이다. 루가 마을에 가면 거의 항상 미오와 간다.

　그럼 그때마다 비가 온다.

　며칠 동안 쨍쨍하게 해가 떠 있다가도 루가 마을에 갈 때가 되면 항상 비를 퍼부었다. 그리고 그걸 미오도 여태 몇십 번이나 겪었다.

　그래서 되도록 미오도 루와는 마을에 가긴 싫었지만… 어쩌겠는가. 루가 두 살이나 위인 오빠니 가자고 하면 가는 수밖에 없었다.

　나이가 깡패다. 이런 말이 적용되고 있었다.

　그 대화를 끝으로 잠시 말이 없어지자 루는 심심했는지 또 미오에게 말을 걸었다.

　“어때, 최상급에 다다른 기분은?”

　“음……. 뭔가 어색해요.”

　“후후, 그렇지? 나도 그랬지. 미친놈처럼 최상급을 찍으니 어색하더라. 근력이나 지구력, 속력까지 전부 변한 게 하나 없는데, 변한 기분. 너도 그런 기분이지?”

　“네.”

　“후후, 아마 좀 오래갈 거야. 하지만 잘해야 된다? 그 경계에서 벗어나면 다시 상급으로 떨어져. 어색해도 몸에 맞추려고 노력해라.”

“네.”

루는 미오에게 진심으로 조언을 해줬다. 사 남매의 사부가 잡은 기준으로 최상급. 이건 굉장히 애매한 경지였다.

겉으로는 상급이랑 최상급이란 큰 차이가 없었다. 하지만 마음가짐 자체가 일단 변하는 걸 느낄 수 있다.

일단 최상급에 올라서면 모든 게 좀 더 정교해진다.

99.9%였던 게 0.1%가 늘어나 100%.

그렇게 되면 완벽한 기술 구사가 가능해진다. 단 0.1%기 때문에 큰 차이를 느낄 수 없다. 하지만 웃기게도 그 반대되는 기분을 느낄 수 있었다.

그렇게 되면 상급과 최상급의 경계에서 머물게 된다.

여기에서 애매해진다. 자신이 도통 어디 서 있는지 헷갈리는 것이다. 그때 미오의 공격은 최소 루의 경지가 되어야만 막을 수 있는 공격이었다.

하지만 미오는 막았다.

최상급인 루는 되어야 막을 공격을 미오가 막았다. 그게 요행이라 하더라도 그 순간만큼은 최상급의 경지에 들어선 것이다.

이때 잡고 늘어져야 했다.

떨어지지 않으려고 발악해야 한다는 소리다.

루도 그때 고생한 경험이 있어서 이런 소리를 해주는 것이었다.

“도는 휘둘러 봤지?”

“네, 확실히… 다르긴 했어요.”

“사일로 펼쳐봤어?”

“네.”

“어땠지?”

루의 물음에 미오가 고개를 잠시 골몰이 생각에 빠졌다. 생각을 정리 중이리라. 분명 무언가 변하긴 변했는데 그게 정확히 뭔지 잘 모르는 미오였다.

설명할 방법이 없어서 고심하던 미오는 적당한 설명이 떠올랐는지 곧 입을 열었다.

“음……. 지금이라면 루 오빠 옷자락은 벨 수 있을 거 같아요.”

“호오, 그래?”

“네.”

마음가짐이 달라진다고 했던 건 바로 이걸 말함이다. 자신감이 붙는다. 경지를 엿봤으니까 말이다.

루를 포함 사 남매는 사부에게 모두 특별한 공부를 하나씩 전수받았다. 미오가 받은 건 사부가 말하기를… 후예사일(后羿射日).

사부는 미오에게 이 공부를 가르칠 때 이렇게 설명했다.

“내 스승님 훨씬 이전의 때부터 내려오던 공부다. 옛날에, 이 세상이 아닌 다른 세계의 전설 중에 후예란 사람이 있었다. 그 사람은 활을 잘 써 가히 명궁(名弓)이라 불렸는데 그 실력이 어느 정도였느냐면 열 개의 해가 떠 산천초목을 모두 태우고, 백성들을 궁핍하게 만들자 후예는 누군가의 부탁을 받아 이 해를 모두 떨어뜨렸다. 후예사일은 그 전설을 기반으로 만들어진 검법이다. 미오, 이 공부는 빠름과 해를 떨어뜨리는 강맹함, 그것이 가장 큰 특징이다. 너의 무기는 도지만 네가 잘만 공부한다면 이 세상에서 너의 공부를 받아낼 수 있는 사람은 너의 언니, 오빠들밖에 없을 것이다."

이렇게 말했다.

체르니 왕국이 있는 이곳, 휘드리아젤 대륙이 아닌, 다른 세상의 공부. 이게 미오가 배운 후예사일이란 공부(工夫)였고, 검법(劍法)이었다. 아니, 이젠 미오가 상당히 변형했기에 도법(刀法)이라고 봐야 했다.

그 후예사일의 공격이라면 이젠 루의 옷자락을 벨 수 있다. 예전엔 힘들었지만, 최상급을 본 지금은 가능하다.

미오는 이렇게 말하고 있었다.

"하긴, 미오 넌 나처럼 빠름에도 중점을 두었으니까."

"……"

맞는 말이다.

미오의 공부는 후예사일이기 때문에 빠르고, 강력해야 했다. 그렇지 못하다면 후예사일이란 말 자체를 쓸 수 없었다.

"하지만 옷자락은 벨지언정 살갖은 힘들어. 그건 알지?"

"네."

미오는 루의 말을 바로 인정했다.

이제 최상급의 경지에 올랐다고 바로 루를 이기기엔 이미 실력 차가 꽤 크다. 사실 솔직히 말하자면 사 남매는 다들 천재다.

우연인지, 아니면 인연인지 천재끼리 끼리끼리 만났다.

그걸 사부도 아마 모르고 사 남매를 거뒀을 가능성이 컸다. 거기다가 사 남매의 사부는 초인의 경지는 아니었지만, 이미 가진 무력 자체와 공부는 최상급이었다.

노련미까지 있었고, 경험마저 출중했다.

언제부터 이어진 건지 모르지만 사 남매가 배운 공부(검술, 혹은 창술과 도술)는 굉장히 오랜 시간 동안 이어져 온 것이었다.

최초로 이 공부를 만든 사람이 누군지도 기록에 남아 있지 않을 정도로.

"하지만 내가 이 자리에 계속 있고, 미오 네가 일 년 정도 노력하면 어느 정돈 가능하겠다."

"……"

조용히 말하는 루의 말에 미오는 고개를 끄덕였다. 하지만 어쩐지 그런 일은 안 일어날 것 같았다.

미오가 아는 루는… 언니인 유라만큼은 아니지만 천재는 천재였다. 유라는 루의 말을 빌리면 하늘이 내린 재능의 재앙이고, 루는 일반인의 기준으로 봤을 때 확실한 천재였기 때문이다.

어쩌… 자신이 최상급의 경지에서 어느 정도 익숙해질 때가 되면 루는 도약할 것 같았다. 언제나 한발 앞서 도망치는 사람이 루였고, 두 발 앞서 도망가는 사람이 유라였기 때문이다.

"어, 비 오네……."

"뛸까요? 오두막까지 얼마 안 남았는데."

"그래, 좀 뛰자."

두 남매가 얘기하는 동안 하늘의 먹구름이 점점 심해지더니, 곧 비를 퍼붓기 시작했다. 소나기? 아니었다.

한번 비가 오기 시작하면 최소 반나절이나 하루는 온다.

그게 일 년 중 반년이 조금 안 되게 비가 오는 나라, 체르니에 내리는 비다. 그래서 체르니 왕국의 땅 곳곳에는 오두막이 있다.

갑자기 비를 만나면 대책이 없어지니 왕국 자체에서 여행자들, 그리고 상인 등을 위해서 오두막을 지어놓은 것이다.

나름 좋은 방법이었다.

지금 가는 오두막도 왕국에서 만들어 놓은 오두막이었다.

상당히 큰 배낭을 메고 거침없이 뛰는 두 남매.

이 정도야 아무것도 아니라는 듯이 한참을 빠르게 뛰더니 곧 오두막에 다다랐다. 처마 밑에 도착한 루와 미오는 바로 우비 역할을 하는 방수천을 벗고, 배낭을 점검했다. 안에 든 건 전부 물에 젖으면 안 되는 약초와 물품이기 때문이다.

"좋아. 백열탄은 문제없네. 약초들은?"

"약초도 괜찮아요."

"그래, 방수천 걸어놓고 쉬자."

"네."

가볍게 대화를 또 나누던 두 남매는 방수천을 처마 밑에 걸어놓고 오두막 안으로 들어갔다. 오두막은 꽤나 컸다. 대충 훑어봐도 못해도 20명 이상은 쉴 수 있는 공간이었다. 하지만 지금은 아무도 없었다.

루와 미오가 첫 번째였다.

그래서 그런지 모닥불도 없었고, 어둡기까지 했다.

"밖에 장작 좀 가져와. 나는 불 준비할게."

"네."

루의 말에 미오는 바로 밖으로 나가 밖에 쌓여 있는 장작을 들고 들어왔다. 이 장작도 왕국에서 직접 지원하는 장작이었다.

비가 많이 오는 나라라서 국고의 어느 정도를 털어 이렇게 왕국민들을 위해 편의를 봐주고 있었다.

나쁘지 않은 시스템이었다.

아니, 다른 나라에 비해 백성을 가장 신경 쓰는 나라가 어떻게 보면 체르니 왕국이었다.

루는 이미 부싯돌로 켜낸 불에 장작을 옮겨 붙이고는 천천히 오두막 안을 둘러봤다. 딱히 별다른 건 없었다.

저번에 산을 내려왔을 때도 여기서 쉬었는데, 그때나 지금이나 큰 차이는 없었다.

"저녁 준비할게요."

"응, 간단하게 먹자."

"네."

미오가 가방에서 식량을 주섬주섬 꺼냈다. 특별하게 뭔가 준비하는 건 아니었다. 그냥 말린 고기를 가볍게 먹는 게 전부였다.

이런 여향에 무언가 대단한 걸 기대하는 것 자체가 무리다.

저녁을 먹고 나서 둘은 나란히 모닥불 주변에 자리를 깔았다. 해는 지지 않았지만… 비 오는 모양새를 보니 어째 오늘 안에는 안 그칠 것 같았다.

자리를 깔아놓은 루는 밖으로 나갔다.

쏴아아아아!

루는 내리는 비를 가만히 바라봤다.

요즘 들어 루를 괴롭히는 딱 하나의 고민. 바로 초인으로 들어서는 길을 가로막고 있는 벽이다.

"휴우……."

벽은 참 단단하고, 높았다.

"태웠다고……?"

루는 유라가 했던 말을 떠올려봤다. 유라는 초인으로 들어서는 길을 막고 있던 벽을 태워버렸다고 했다.

그 말을 떠올리며 루는 유라가 참 유라답게 넘어섰다고 생각했다.

유라는 자상하고, 따뜻한 성품을 지니고 있다. 하지만 그건 외형상이다. 가장 화가 나면 무서운 건 유라다.

예전에, 그러니까 사 남매가 이 산으로 오고 나서 얼마 안 됐을 때 산에 갔던 미오와 란스가 맹수에게 다쳐서 왔던 적이 있었다.

마침 그땐 사부도 마을에 내려가고 없었던 때였는데……. 다쳐 돌아온 둘을 보고 유라는 둘에게 자초지종을 들었다.

둘을 다치게 한 건 맹수.

유라는 이때 확 열 받아서 아예 미쳐 날뛰었었다.

사 남매 중 가장 강했던 건 유라가 맞았다. 하지만 이 당시는 수련을 시작한 지 얼마 안 됐을 때였다. 유라가 초급의 경지도 못 들었을 때니까 말이다.

하지만 유라는 당시 배우던 봉을 들고 오두막을 뛰쳐나갔다.

그걸 보고 루는 급히 둘을 안정시키고 유라를 뒤따라 나갔다. 그리고 한참을 찾아 돌아다닌 끝에 봤다.

란스와 미오를 다치게 했던 맹수를 유라가 몽둥이로 때려 잡는 모습을.

물론 유라도 무사하지 못했다. 이마를 할퀴었고, 가슴도 할퀴었다. 그래서 아직도 유라의 이마와 가슴에는 맹수의 발톱이 할퀴고 지나간 흔적이 하얗게 남아 있었다.

하지만 지금은 여기서 상처가 중요한 게 아니라 진짜 중요한 건 당시 꼬맹이에 불과했던 유라가 맹수를 봉으로 때려잡았다는 데 있었다.

씩씩거리며 맹수를 잡아 패 죽이던 유라의 모습이 루는 아직도 선했다.

그만큼 유라의 성격은 불같았다.

그리고 그런 불이 가장 심각하게 타오르는 경우는 딱 하나. 바로 동생들의 안위(安危)다. 그런 유라가 불로 태웠다는 것은 자신의 성향을 극대화했다고 봐도 좋았다.

잠재된 자기 자신의 성향.

그걸 고찰을 통해 정확히 파악하고, 나쁠 수도 있는 그 성향을 오히려 극대화해서 벽을 태웠다.

유라가 말한 건 그거였다.

루도 그건 어렴풋이 파악하고 있었다.

"그렇다는 건 내면을 바라봐야 하는 건가……."

즉, 육체적 단련은 이제 무의미하단 소리다. 자기 성찰. 그걸 하라고 유라가 넌지시 말해준 거다.

하지만 그걸 아는 루는 내키지 않는 무언가가 있었다.

바로 태생(胎生).

여기서 루의 태생이란 태어난 곳을 말하는 게 아닌, 유라가 루를 만났던 그때를 말한다.

피 웅덩이 속에서 해맑게 웃고 있던 루.

유라가 그 피 웅덩이 속에서 꺼내지 않았다면 루는 계속 그 웅덩이 속에 있었을 것이다. 어떤 파괴적인 행위가 분명히 있었다.

그리고 루는 그 파괴적인 행위를 보았다.

그래서 무언가 깨져 나갔는데……. 여기서 문제는 루도 그걸 알고 있다는 거다. 물론 이게 진실인지 확신하긴 힘들다.

기억이 나지 않았으니까.

살기가 짙다.

루의 고질적인 문제였다.

특히 가장 위험할 땐… 피를 볼 때다. 이때 루의 살기는 진짜 희대의 살인마 저리 가라 할 정도로 짙어진다.

체르니 왕국 동쪽 끝에 위치한 대 제국의 초인, 케르베로스의 세 번째 머리만큼이나 치명적이고 광포한 살기.

그래도 그나마 다행인 건 루가 사부와 유라의 도움으로 마음공부를 열심히 해서 어느 정도 완벽하게 제어를 하고 있다는 사실이었다. 만약 그게 안 됐다면 루는 아마 산 아래로 내려가지 못했을 것이다.

“하아……. 젠장.”

루는 깊은 한숨을 내쉬었다.

자기 성찰은 정말 꺼려졌기 때문이다.

루는 스스로 본성을 너무 잘 알고 있었기 때문에.

만약 자기 성찰을 시작하면 루는 자신의 잠재의식 깊숙이 처박혀 있는 또 다른 자신. 살기어린 그 미친놈과 마주해야 하는데, 그건 루도 싫었다.

근데 유라도 그걸 안다.

그런데도 자기 성찰을 하라고 넌지시 말해준 건… 속뜻이 있었다. 바로 자기 자신을 넘어서라는 속뜻.

“누나, 그러다 잘못하면 나 미친놈 된다.”

루는 여기에 없는 유라가 들으라는 듯이 중얼거렸다. 물론, 유라가 여기 없기 때문에 대답은 들려오지 않았다.

쏴아아아아아.

루가 고민하는 그 시간에도 비는 계속해서 내렸다. 조금도 약해질 기미는 보이지 않고 아주 퍼붓고 있었다.

루는 고민을 멈추고 내리는 비를 그저 가만히 지켜봤다.

조금이라도 답답한 마음을 내리는 비의 시원함으로 씻어 내려는 것이다. 그렇게 한참 비를 바라보고 있는 루의 시야에 뭔가가 잡혔다.

“응?”

그걸 확인한 루의 눈이 가늘어지며 시력을 집중했다. 저 끝에서부터 나타난 일단의 무리. 그 무리는 오두막을 발견했는지 이쪽으로 빠르게 다가오고 있었다.

말도 보이고, 마차도 보인다. 더불어 가까워지자 그 마차 뒤에 있는 짐수레도 보였다.

"상단?"

딱 보아도 상단으로 보이는 무리였다.

인원은 서른 명.

상단의 인원으로 보이는 다섯 명과 가죽 갑옷을 기본으로 두르고 있는 상단 고용 용병 스물다섯.

이렇게 딱 서른 명이었다.

상단 인원은 중요한 게 아니니 그냥 지나쳤다. 다만 스물다섯 명의 용병들에게는 눈이 갔다.

몸을 단련하는 사람들이라 자연스럽게 눈이 간 것이다.

"음……. 초급 대부분에 중급 둘이네."

루의 식견은 상당히 좋다.

사 남매 중 가장 사람을 잘 보는 건 역시 유라다. 하지만 루의 무인에 대한 식견도 만만치 않게 좋았다. 루는 한 번 훑어보는 걸로 저들의 실력을 파악했다.

본능적인 위험의 경고가 안 온다.

살을 간질간질 거리는 그 감각은 마치 루 본인이 아닌 다른 녀석이 알려주는 정보와 비슷한데 지금은 그런 게 없었다.

그렇다면 저들의 실력이 일단 루보다 아래라는 소리. 루는 그런 정보를 토대로 저들의 실력을 가늠했다.

"큰 문제는 안 되겠어."

루는 그렇게 말하고는 느긋하게 기다렸다.

잠시 후 상단 무리는 빠르게 오두막에 도착해 말과 마차를 멈췄다. 짐수레가 다섯 개. 그렇게 큰 규모의 상단은 아닌 것 같았다. 아니면 이 상행 자체가 그렇게 중요한 상행이 아니든지.

"빨리 천막부터 쳐. 휴식은 그다음부터다!"

"네!"

용병 대장으로 보이는 40대 남자가 소리치자 그 밑에 인원들이 다 한 번에 대답하고는 재빠르게 움직이기 시작했다.

그 사이 용병 대장은 루를 발견하고는 빠른 걸음으로 다가왔다.

"이거 먼저 온 사람이 계셨군요. 반갑습니다. 크리스탄 용병대 대장 크리스탄입니다."

"루라고 불러주십시오."

루는 가볍게 대답했다.

하지만 얼굴에 살짝 미소를 짓고 있어서 꽤나 호감형이었다.

"옆에 계신 분은……?"

"……."

어느새 밖에 나와 루의 뒤편에 서 있는 미오. 그녀의 얼굴에는 싸늘하다 싶을 정도로 차가운 한기가 감돌고 있었다.

항상 이런 식이었다.

유라나 루, 란스 앞에서나 그냥 평범한 여자 같지, 그 외의 자리에서는 항상 이렇게 차가운 기세를 줄기줄기 뿌렸다.

접근하지 말라.

딱 봐도 이런 느낌이다.

"아, 여긴 제 동생 미오라고 합니다. 동생이 말하는 걸 별로 안 좋아해서……. 하하, 양해 좀 구하겠습니다."

"그렇습니까? 이거 실례했습니다. 참, 저희도 비가 그칠 때까지 여기서 쉬고 싶은데……. 괜찮겠습니까?"

"물론입니다. 이 오두막이 저희 것도 아니니 저희 허락은 받지 않으셔도 좋습니다."

"감사합니다, 그럼."

잠깐의 대화를 마치고 돌아가는 크리스탄. 아마 루가 위험인물인지 아닌지 알아보기 위해서였던 것 같았다.

비가 오는 동안은 오두막에서 같이 있어야 하는데 루가 위험인물이면 그것도 곤란하니까 이렇게 대화를 통해 잠시 사람됨을 알아보려고 한 것일 거다.

루도 검을 뽑지만 않으면 같이 쉬는 것 따위야 어차피 문제가 없으니까 조용히 호의적으로 나간 것이고.

잠시 용병들이 하는 일을 바라보던 루가 등을 돌렸다.

"들어가자."

“네.”

루는 마지막까지 저들이 위험한 사람들은 아니라고 결론 내렸다.

이유는… 약해서였다.

＊　　　＊　　　＊

상단의 일행들은 몇 명의 마차 경비병을 두고는 전부 오두막 안으로 들어와서 휴식을 취했다. 오두막의 크기가 상당했기에 서른 명 가깝게 들어섰는데도 그렇게 비좁지는 않았다.

저녁도 간단하게 해먹고는 자기들끼리 삼삼오오 모여 대화를 하기 시작했다.

모포를 덥고 자리에 누운 루는 처음에는 대화를 듣다가 곧 신경을 끄고 눈을 감았다. 미오도 마찬가지. 옆으로 돌아누워 모포를 덮고 있는 미오의 모습엔 조금의 미동도 없었다.

하지만 저 모포 안에 아마 자신의 무기를 꼭 품고 있을 것이다.

혹시 모를 상황이 오면 적을 바로 베어야 하니까.

근데 그건 루도 마찬가지였다.

삼쉬르 두 자루를 바로 양옆에 두고 누워 있는 루였다.

처음에는 용병들도 루와 미오의 무기를 보고 처음엔 잠시 경계를 했지만 용병 대장의 말에 바로 경계를 풀어버렸다.

자유분방한 용병들인데 이걸 보니 크리스탄이라는 대장이 상당히 통솔력이 좋아 보였다. 또한, 그 점이 그들에게는 다행인 일이었다.

만약 루나 미오에게 시비를 걸었다면 좋게는 아마 절대로 못 넘어갔을 것이다.

"미오."

"네?"

루가 부르자 미오가 고개만 돌려 루를 바라봤다.

"먼저 자. 짐은 내가 지킨다."

"네."

미오는 루의 말에 바로 고개를 끄덕이며 대답했다. 루는 미오를 아꼈다. 란스보다는 여동생인 미오를 더 챙긴다는 소리다.

이렇게 한 번 딱 말하면 루는 그걸 번복하지 않는다. 미오는 그런 루의 성격을 잘 알기에 고개를 선선히 끄덕인 것이다.

하지만 그렇다고 그냥 넘어갈 수도 없었다.

"그럼 새벽에 깨워줘요."

"알았어."

그러니 대신 아침 준비나 기타 등등 다른 건 미오가 스스로 할 작정이었다. 루도 거기까진 막지 않았다.

잠시 후 경계를 풀고 미약한 숨소리를 내며 잠든 미오.

루는 미오를 잠시 보다가 다시 고개를 돌려 천장을 봤다. 루는 비를 좋아하지만 이렇게 마을로 내려가는 일에서는 별로 비를 좋아하지 않았다.

시간을 오래 걸리게 만들기 때문이다.

기분 전환 겸 직접 내려왔지만 시간을 질질 끄는 건 사양이었다.

그때 용병대장 크리스탄이 루에게 다가왔다.

"루 씨, 주무십니까?"

"아니요. 아직 전입니다. 왜 그러십니까?"

"하하, 저희 상단주님께서 괜찮으시면 한잔하자고 하는데, 어떻게 같이하시겠습니까?"

"술이라……."

순간 루는 잠시 갈등이 됐다. 짐도 짐이지만 미오가 잠들어 있기 때문이다. 하지만 루의 걱정은 기우였던 것 같다.

"오빠, 가보세요."

"아아, 그래. 조금만 부탁하자."

"네."

미오는 어느새 깨어 있었다.

크리스탄이 다가올 때 바로 잠에서 깬 것이다. 사 남매 전부가 산에서 살아 기감이 예민했기에 가능한 일이었다.

루는 자리에서 일어났다.

상대가 호의를 가지고 나오는데 그걸 거절하는 것도 모양새가 좋지 않았다. 루는 산속에 살았어도 그렇게 꽉 막힌 성격이 아니기에 그걸 잘 알았다.

거기다가 술이라는 것은 산속에도 직접 구해 만든 게 있을 정도고, 마을에 갈 때면 친구가 운영하는 펍에서 항상 하루 정도는 마음을 풀고 술을 마셨었다.

그래서 루는 거절하지 않았다.

크리스탄을 따라 밖으로 나가자 천막을 하나 쳐놓고, 그 밑엔 모닥불을 피워놓고 그 주변으로 여섯 명의 남자들이 앉아 있었다.

아마 다섯은 상단의 일원.

나머지 하나는 용병 부대장 급은 되어 보였다.

"초대해주셔서 감사합니다. 루라고 합니다."

"네, 반갑습니다."

루의 인사에 가장 나이가 많아 보이는 중년의 호리호리한 사내가 말을 받았다. 얼굴로만 보면 나이는 대충 오십 전후.

몸은 호리호리하지만 얼굴은 상당히 다부지고, 날카로워 보였다.

'이 사람이 상단주군.'

딱 느낌이 왔다.

루는 사람을 잘 본다. 루가 본 이 사람은 사람을 지시하는 데 이골이 난 사람이다. 딱 봐도 그런 사람이다.

루가 자리에 앉자 중년 남자가 일어나서 고개를 숙여 인사를 해왔다.

"이런, 인사가 조금 늦었습니다. 하메른 상단을 운영하는 상단주 하메른입니다."

루도 다시 그 인사에 자리에서 일어났다. 인사를 앉아서 받는 건 예의에 한참 어긋나는 짓임을 잘 알고 있었기 때문이다.

"루입니다. 기사수업 중인 수련기사입니다."

"그렇습니까? 이거 어쩐지 풍기는 기운이 예사롭지 않다 했습니다. 자, 다시 앉으시지요."

"네."

루는 잠시간의 대화로 하메른이라는 상단주에 대한 성격을 조금 알 수 있었다.

고지식하지는 않지만 강단과 고집이 강한 사람.

하지만 그 고집은 꼭 필요한 상황에만 나오고, 어느 선에서는 현실과 타협도 할 수 있는 사람.

이런 느낌이었다.

루가 자리에 앉자 하메른이 직접 잔을 건네주고 술을 따라 줬다.

술을 따르자 느껴지는 달콤한 향.

독한 증류주 종류가 아닌 과일주 계열인 것 같았다.

"그럼, 루 씨와 만난 오늘을 위하여."

"위하여."

큰 소리로 건배를 외치지는 않았다. 밤이기도 했지만, 워낙 자리에 있는 사람들이 차분한 성격을 지닌 사람들이라 그랬다.

루는 건배를 하고 살짝 혀만 찍어 맛을 봤다.

'괜찮군.'

산에서 자라 약초와 독초에도 능한 루이기에 바로 독이 없음을 알아채고 잔을 쭉 들이켰다. 루가 잔을 비우고 내려놓자 상단주 하메른이 물어왔다.

"독초 공부도 하셨습니까?"

"아, 예. 조금 했습니다."

루는 자신이 술을 마실 때 하메른이 보고 있었다는 걸 알고 있어서 솔직하게 대답했다. 그리고 하메른은 루가 독이 있나 없나 여부를 확인하는 걸 보고 기분 나빠하기보다는 루가 독의 진위 여부를 구별하는 것에 관심을 두었다.

"기사수업엔 없는 걸로 아는데……. 여러 가지를 공부하시는가 봅니다."

"네, 저를 가르쳐주신 분께서 워낙 많은 걸 가르쳐주셔서요."

"하하, 그렇습니까? 자, 여기 한잔 더 드십시오."

"네, 감사합니다."

하메른의 말로 루가 독을 탔는지 확인했다는 사실이 나왔지만 하메른 상단 사람들은 전부 조용히 침묵을 지켰다.

그만큼 상단의 기강이 잘 잡혔다는 뜻이다.

루는 잔을 받고 슬쩍 인물들을 바라봤다.

다들 별다른 표정이 없었다.

하지만 루는 하메른 상단주 바로 옆에 후드를 깊게 눌러쓴 인물에게서 잠시 시선을 멈췄다. 가녀린 체구.

후드로 가린다고 가렸지만 그 왜소한 체형까지 가리는 건 무리였다.

거기다가 잔을 만지작거리는 너무 깨끗한 손. 아니, 깨끗하다는 말을 넘어서 아예 순백에 가까울 정도로 희고 고운 손이다.

고생을 하나도 하지 않은 전형적인 귀족 아가씨의 손.

'여자군.'

루는 바로 그 인물에 대한 성별을 나눴다. 하지만 다음 바로 신경을 껐다. 딱 봐도 정체를 숨기는 모양새다. 괜히 들쑤셔서 곤란한 일이 생기는 건 사양이었다.

'동행도 하면 안 되겠어.'

루는 판단을 바로 내렸다.

지금도 후드를 쓰고 있고, 벗을 생각조차 안 한다. 그것 자체가 이미 무례다. 처음 보는 사람이 있는 자리에선.

옆에 있는 하메른 상단주가 그걸 모른다고 보기에는 힘들었다. 그런데도 저 모습을 유지한다는 건 하메른 상단주 또한 옆에 인물의 정체를 숨기고 하고 싶다는 뜻.

순식간에 앞으로의 지침을 세워버린 루다.

저 여자와 엮이지 말아야겠다고.

"루 경."

"네?"

호칭이 변했다.

루가 독을 구별할 줄 안다는 것 만 보고 실력을 인정, 기사로서의 대우를 해주는 하메른 상단주다.

"어느 쪽 기사를 꿈꾸고 계십니까?"

"자유기삽니다."

"아……. 그러십니까?"

루의 대답에 하메른 상단주의 얼굴에 조그맣지만 미소가 감돌았다.

대륙 최고의 약소국 체르니.

이런 체르니 왕국의 기사는 두 가지로 분류된다.

정규기사와 자유기사.

딱 봐도 두 기사의 차이점이 뭔지 확연히 보였다. 하지만 깊숙이 파고들면 또 다른 게 있다. 일단 정규기사.

정규기사라 함은 왕국이나 군주에게 충성을 맹세하고, 기사의 직위를 얻는 걸 말한다. 하지만 체르니 왕국은 다르다.

체르니 왕국의 정규기사는 왕국의 동북을 전부 틀어막고 있는 두 왕국의 정규기사를 말한다. 쉽게 말해 매국노 기사라는 소리다.

이미 체르니 왕국은 이 두 왕국의 속국이나 다름없었다. 병력차이가 너무 크고, 기사들의 수와 수준급 기사로 보유에서도 큰 차이가 났다.

그러다 보니 반항은 꿈도 못 꿨다.

정규기사는 이런 두 왕국에서 보낸 대신들에게 충성을 맹세하고, 나라를 어지럽히는 데 앞장서는 기사를 뜻한다.

이래서 말 그대로 매국노란 소리를 하는 거다.

그에 반해 자유기사는 전혀 다르다.

다른 왕국에서의 자유기사란 말 그대로 자유롭게 생활하고, 여행하면서 기사도를 중심으로 선행을 베푸는 기사를 뜻한다.

하지만 이곳 체르니 왕국에선 또 아니다.

속국이 된 나라.

그 나라를 구하기 위해… 별의별 일을 다 하는……. 그런 기사가 바로 자유기사다. 하지만 그만큼 수가 적다.

체르니 왕국을 속국으로 부리는 두 왕국.

바젠틴 왕국이랑 남탈리안 왕국이 그걸 그냥 내버려두지 않기 때문이다. 정규기사는 자신의 두 왕국에 충성을 다하는 기사라면, 자유기사는 딱 봐도 자신들에게 대항하기 위해 마음먹은 기사들이다.

그래서 두 왕국은 체르니 왕정(王廷)을 압박해 자유기사의 직위 습득 조건을 굉장히 어렵게 만들었다.

그중 가장 대표적인 조건이 바로 무력.

기사 상급의 무력.

이게 자유기사의 직위 조건이다.

그러다 보니 체르니 왕국의 자유기사의 수는 채 100이 되지 않았고, 그들은 곧 '백인의 결사' 라고 불렸다.

더군다나 나이 제한까지 걸렸다. 많이 활동하지 못하도록 40세까지.

체르니 왕국을 지키는 최후의 힘이 바로 은퇴한 자유기사들과 현역의 백인 결사다. 그리고 이 이야긴 변방의 촌 동네 마을 사람들도 알 정도로 유명한 애기였다.

반대로 정규기사 직위는 기사 하급부터 가능했다. 그러니 직위에 목을 맨 기사라면… 당연히 두 왕국의 밑으로 기어들어가는 것이다.

얄팍한 꼼수에 불과했지만, 굉장히 적절해서 체르니 왕국의 전력을 깎는 데 굉장한 역할을 했다.

이런 사실을 사부에게 들어서 잘 아는 사 남매는 예전부터 이미 자유기사로서의 직위를 얻기로 결심한 상태였다.

그게 사부의 유언 중 하나였다.

하메른 상단주는 루의 말에 얼굴이 조금이지만 환해졌다. 루는 그걸 보며 또 뭐가 있구나. 이렇게 생각했지만 내색하진 않았다.

"그럼… 지금 경지가 어떻습니까?"

“음…….”

루는 여기서 솔직해야 할까, 아니면 그냥 거짓말을 해야 할까 고민이 됐다. 하지만 이 고민 자체가 무의미했다.

하메른 상단주는 장사꾼이라 그런지 눈치가 상당했다.

“경지를 숨겨야 하나, 그냥 말해야 하나. 고민 중이시군요.”

“…이런. 들켰군요.”

루는 피식 웃었다.

들켰다.

“하하, 이거……. 장사를 하다 보니 그 사람의 내색을 읽는 게 버릇이 되어놔서……. 하지만 정말 궁금합니다. 제 생각엔 상급은 아직 도달하지 못한 거 같은데…….”

“상급입니다.”

“허? 허허. 이거 참……. 루 경은 천재셨군요, 허허.”

루의 거짓말에 상단주는 웃었다. 근데 그게 믿어서 웃는 게 아닌, 믿지 못해서 웃는 웃음이었다.

상인 특유의 진위를 가리는 눈, 혹은 감에 따라 하메른 상단주가 보기에 루는 거짓말을 하고 있었기 때문이다. 하지만 그거 가지고 뭐라고 할 입장도 아니었다. 일단 처음 보는 사이고, 루 본인이 원치 않아 하는 걸 하메른 상단주가 알아챘기 때문이다.

그래서 순간 어색한 공기가 흐르려는 찰나.

그 공기 자체를 박살 내는 일이 생겨버렸다.

"쿨럭! 쿡럭쿨럭!"

"헛! 괜찮으십니까?"

"우 욱! 괜찮아요……."

후드를 뒤집어쓴 여인 때문에 어색한 분위기는 순식간에 급박한 분위기로 넘어갔다. 여자가 기침을 하며 갑자기 피를 토했기 때문이다.

루는 순간적으로 코를 막았다.

검은 핏덩이가 땅에 닿자마자 아주 미약하지만 비릿한 피 냄새와 함께 독향(毒香)을 풍겼기 때문이다.

'중독?'

그제야 루는 저 여자의 안색과 손이 왜 그렇게 파리했는지 알아챘다.

저 여자는 중독되어 있었다.

곁에 있던 하메른 상단주와 그 옆의 중년인이 급히 여자를 부축했고, 남은 둘은 마차로 달려가 주머니를 잔뜩 가지고 나왔다.

'냄새로 보아 이거……. 파멜리앙 독인데.'

파멜리앙 독.

파멜리앙이라는 붉은 꽃. 그 붉은 꽃잎이 지기 전에 채취해 말려서 가루로 빻으면 탄생하는 독이다.

독을 다룰 줄 아는 사람들은 이 독을 이렇게 말한다.

독으로서의 가치도 없는 최하급의 독이라고.

일단 독성도 강하지 않았다. 스푼으로 한 스푼 이상 타서 먹지 않는 이상 절대로 죽지 않는다. 아니, 오히려 그 정도가 아니라면 오히려 웬만한 인간은 인체의 내성으로 이겨낼 정도다.

거기다가 독을 타면 독특한 향이 난다.

그게 달콤하지도 않고, 오히려 살짝 비린 냄새가 난다, 마치 생선 비린내 같은 냄새가. 그래서 파멜리앙 독이 독으로서 가치가 없다고 하는 것이다. 어디에다가 타도 저런 냄새를 풍기는데 대체 그런 냄새가 나면 누가 먹을까?

아무도 먹지 않을 것이다.

하지만 웃기게도… 조금은 까다로운 독으로는 꼽힌다.

사람에 따라 치료법이 제대로 통하지 않고, 사람마다 증상도 제각각이다. 증상이 제각각이라는 점에서 굉장히 어처구니없는 독이긴 하지만 그렇다고 치유법이 아예 없는 것도 아니었다. 그냥 증상에 맞춰 치료하면 됐다.

'여행 중이라 약초를 못 구했군. 잠깐, 그럼 여행 중에 당했다는 소린가?'

루는 가만히 사태를 응시했다.

하지만 그건 잠시였다.

"미오!"

루는 미로를 소리쳐 불렀다. 현재 둘 중에 약초학에 더 능

통한 사람은 미오다. 아직 정식으로 기사의 직위를 받진 않았지만 곧 기사가 될 몸.

이런 일을 보고 그냥 넘어가는 건 기사도에 어긋났다.

덜커.

"네."

루의 외침에 미오가 곧 오두막 문을 열고 나왔다. 미오가 나오자 순간 하메른 상단주와 피를 토하는 여자를 뺀 나머지가 급히 경계태세를 취했다.

'날 완전히 믿은 것도 아니었군.'

그 경계에서 루는 또 다른 사실 하나를 깨달았지만 그건 살짝 무시했다. 어차피 자신은 저들의 적이 아니기 때문이다.

"저분, 중독됐어. 냄새로 보아 파멜리앙 독 같은데… 네가 좀 봐드려."

"……."

루의 말에 미오의 시선이 아직도 피를 토하는 후드 여자에게로 넘어갔다. 그리고 바닥에 쏟은 피를 잠시 보고, 코끝을 손등으로 덮고 쿵쿵거렸다.

"흠, 흠흠. 맞아요, 파멜리앙 독. 저분의 증상은… 각혈. 저 정도로 피를 토하는 걸로 보아 독을 굉장히 많이 쓴 것 같아요."

"치료는?"

"각혈에 좋은 약초가 가방에 있어요."

“가지고 와.”

“네.”

미오는 루의 말에 일언반구 없이 바로 대답하곤 등을 돌려 오두막 안으로 달려갔다.

미오는 사 남매 중 가장 약초학에 능했다. 각자 성격이 달라 쓰는 무기가 다른 것처럼 잘하는 공부도 다른 탓이다.

그런 미오답게 딱 한눈에 봐서 후드 여자의 상태를 짚어냈다. 그리고 루는 치료를 물었고, 약초가 있다고 했다.

바로 배낭을 들고 나온 미오.

오두막 안이 어두우니 모닥불이 켜져 있는 이곳에서 약초를 찾을 생각인 것이다. 미오는 바로 긴 천 하나를 꺼내 바닥에 깔고 그 위에 배낭을 올렸다. 다음은 바로 배낭을 풀어 위에 있는 약초부터 하나씩 꺼냈다.

순간 하메른 상단주의 시선이 그쪽에 확 쏠려 있는 걸 루는 눈치챘지만 아무런 내색도 하지 않았다.

지금 중요한 것은 기사도 중 하나.

기사도 3장: 어려움에 처한 이를 눈앞에 두고 외면하는 건 기사가 아니다.

사부가 가장 중요하게 가르친 기사도 중에 한 항목이다.

루는 이제는 안 계시지만 자신의 은인이자 아버지인 사부가 한 말을 어길 생각이 전혀 없었다.

욕심을 드러낸다면… 나중에 내치면 된다. 그럴 생각이었다.

"찾았어요."

미오가 한참을 뒤적거리더니 왕 잎나무의 잎으로 감싸여 있는 약초 하나를 꺼내 들었다.

"복용 방법은?"

"일반적으로 가루로 정제해서 복용하지만… 지금은 그럴 겨를이 없어요. 많이 쓰겠지만 그냥 먹는 게 좋아요."

"좋아. 이리 줘."

루는 미오에게서 약초를 받아 하메른 상단주를 응시했다.

"이게 뭔지 아시겠죠?"

"패미앙 뿌리."

"역시 상단을 운영하시는 분이군요. 맞습니다. 이걸 저분에게 복용시키세요."

"감사합니다……."

상단주는 떨리는 손으로 루의 손에 들린 패미앙 뿌리를 받았다. 패미앙 뿌리는 패미앙 꽃이란 희귀 꽃의 뿌리다. 대륙 전부를 따져도 각혈에 이보다 좋은 약초는 없다는 아주 귀한 약초다.

일단 체르니 왕국에선 자생하고 있다는 정보가 없다. 그러다 보니 체르니 왕국에서의 가격도 상당한 비싼 편이다.

상단주는 이 꽃이 어디서 났느냐고 물어보고 싶었지만 현재 그것보다 옆에서 아직도 피를 토하는 후드 여자가 먼저였기에 그런 심정을 꾹 삼키고 급히 여자에게 약초를 복용시켰다.

여자는 피를 토하면서도 흘러가는 상황은 다 들었기에 군말 없이 약초를 입에 넣고 씹었다. 그러자 입안 가득 퍼지는 쓴맛의 파도.

그건 아주 온몸에 전율이 일 정도였다. 저도 모르게 부르르 떨며 몸서리까지 친 여자는 곧 양 주먹을 꼭 쥐고 패미앙 뿌리를 삼켰다.

그리고 심호흡을 일 분 정도.

그 일 분 후에는 정말 신기한 일이 일어났다. 창백하던 여자의 혈색이 정상으로 돌아온 것이다.

파멜리앙 독이 해독된 것이다.

까다롭긴 하지만 해독 자체도 빠르게 되니 이래서 독의 가치가 없는 것이다.

"오오, 이런……. 감사합니다. 정말 감사합니다……."

상단주는 여자의 안색이 눈에 띄게 좋아지는 걸 손등만 보고도 알아채고 루에게 감사하다고 인사했다.

그것만 보고도 여자의 상태가 어떤지 전부 파악해낸 것이다.

"괜찮습니다. 기사를 꿈꾸는 사람입니다. 어려움을 보고 지나치면 누가 기사 지망생이라고 할까요."

루는 가볍게 대답하고는 미오를 바라봤다. 미오는 여자가 괜찮아지는 걸 확인하고 어느새 약초를 찾기 위해 헤집은 배낭을 정리하고 있었다.

"정리 다하면 옆에 앉아, 미오. 너도 같이 듣자."

"네."

미오는 루의 말에 바로 대답하고 정리하는 손을 좀 더 빠르게 했다. 그리고 능숙한 솜씨로 오 분 만에 정리를 끝낸 미오가 배낭을 한쪽에 놓고 루의 옆에 앉았다.

루는 미오가 자신의 옆에 앉는 걸 보고 하메른 상단주를 보면서 천천히 입을 열었다.

"자, 그럼 무슨 일인지 제가 알 수 있을까요? 그만한 입장은 충분하다 생각됩니다."

맞는 말이다.

루나 미오는 저 여자의 생명의 은인이니까.

상단주는 말을 해야 하나 말아야 하나 고민하는 듯했지만, 곧 입을 천천히 열었다.

말하기로 마음의 결정을 내린 것이다.

"그러니까 며칠 전이었습니다……."

상단주의 말은 간단했다.

암살자의 습격을 받았다. 그리고 그 암살자는 저 후드의 여자를 죽이지 않고 그냥 강제로 파멜리앙 독을 주입시키고 떠났다.

침울하게 말하는 상단주의 말에서 루는 이상한 점이 몇 개 있다는 걸 알아냈다.

"독만 먹이고 떠났다? 아무도 기척을 느끼지 못했습니까?"

"그렇습니다. 여기 있는 크리스탄 대장도 기사 중급의 경지인데. 그도 기척조차 느끼지 못했습니다. 가장 가까운 곳에서 쉬고 있었는데도 말입니다."

"그렇다면… 경고 아니면 협박이군요."

루는 조용히 정답을 꺼냈다.

맞는 말이었다.

이 용병대가 아무것도 눈치채지 못할 정도의 은밀함을 가진 암살자가 그저 파멜리앙 독을 치사량 전 단계까지만 강제 복용시키고 떠났다고 했다.

그럼 다른 각도로 보면 그냥 죽일 수도 있었다.

모두의 이목을 피해 이런 대담한 짓까지 가능한 암살자다. 근데도 안 죽였다, 암살자의 신분으로.

이건 따로 그 암살자가 명령을 받았다고 보면 좋았다.

구체적으로 이렇게, 저렇게 하라는 명령을.

그럼 이건 본보기다.

협박이나 경고용으로 보여주는.

"맞습니다……."

하메른 상단주도 그건 인정했다. 딱 봐도 그렇기 때문이다. 그리고 그는 솔직히 이유도 알고 있었다. 하지만 루가 완전히 믿을 사람이 아니기 때문에 말을 하지 않는 것이었다.

또한 당장 도움을 받긴 받았지만 루를 경계하는 기색을 완전히 지우지도 않았다.

루는 더 이상 이 얘기에 파고들지 말아야겠다고 생각했다.

사부에게 배운 기사도에 따라 도와주긴 했지만 상대는 더 이상의 진실된 얘기는 피하는 기색이었다.

루는 자리에서 일어났다.

"저흰 내일부터 갈 길이 바빠서, 그럼. 미오 가자."

"네."

루의 말에 미오가 바로 배낭을 들고 일어섰다. 오빠인 루의 말이다. 이견 따위가 있을 리가 없었다.

뒤도 돌아보지 않고 안으로 들어온 루는 바로 자리로 가서 누웠다. 미오도 가방을 뒤에 놓고 누웠다.

그리고 아무런 말도 하지 않았다. 주변에는 용병들이 있다. 이 일에 대한 얘기는 내일 해도 늦지 않았다.

그렇게 그날 하루가 지났다.

*　　　*　　　*

다음 날 아침.

루는 늦게 일어났다. 새벽까지 불침번을 홀로 누워서 보다가 새벽에야 미오와 교대하고 잠들었기 때문이다.

잠에서 일어난 루는 몸을 움직여 스트레칭을 했다. 그리고 신체를 점검.

나쁜 곳은 없었다.

모닥불도 피워놓고 잤기 때문에 찝찝한 느낌도 많이 없었다. 컨디션은 대체로 좋은 편이었다.

다만 잠이 많은 루라 눈이 조금 피로하긴 하지만 그동안의 수련으로 가뿐히 커버할 수 있었다.

"잘 잤어?"

"네, 오빠는요?"

"나도."

스트레칭을 하고 나니 모닥불을 쪼그리고 앉아 불쏘시개로 뒤적거리는 미오가 보여 인사를 건네는 루. 미오도 그런 루의 인사에 가볍게 대답해 왔다.

다시 오두만 안을 살펴본 루.

용병대가 다 빠져나간 게 보였다.

"갔나 봐?"

"네, 비가 좀 전에 그쳐 출발한 지 얼마 안 됐어요."

"그래? 슬슬 우리도 출발하자."

"네, 그전에 아침."

미오가 내미는 스프와 육포. 매우 간단한 아침이지만 안 먹는 것보다는 훨씬 낫기에 루는 군말없이 그걸 받아먹었다.

그 후 바로 길을 떠나는 루와 미오.

날씨는 화창했다.

비가 온 후 하늘은 구름 한 점 없이 맑다는 그 속설을 확인시켜주듯이 푸르고 청명했다. 바람도 선선하게 불어 조금씩 흐르는 땀을 잘 식혀주고 있었다.

가벼운 발걸음이 계속 이어졌다.

하지만 그것도 잠시.

피치에 마을로 가는 길목에 위치한 적당한 높이의 산 하나. 이 산은 길도 잘 나 있다. 돌아가면 시간이 꽤나 더 걸리기에 왕국에서 직접 길을 뚫어놓은 산이다.

특별한 이름도 없는 이 산의 중턱에 도달했을 때.

루와 미오의 가벼웠던 발걸음과 기분 좋던 마음은 온데간데없이 사라져야 했다.

"피 냄새."

"네."

바람을 타고 혈향이 날아왔다. 산을 타고 내려오는 바람인걸 파악한 루. 피 냄새의 근원지는 정상이었다.

"정상이다. 싸움이야, 이건."

"저도 그렇게 생각해요."

루의 얼굴이 딱딱하게 굳고 미오의 얼굴은 더없이 차갑게 변했다. 전투의 조짐이다. 일단 상황을 모르니… 루와 미오는 달렸다.

높지 않은 산.

달리니 금방 산 정상에 도착할 수 있었다. 그리고 가까워지면 가까워질수록 고함 소리가 들려왔다.

"막아!"

"절대로 마차는 사수해!"

"아가씨만큼은 목숨을 걸어서라도 막아라!"

이런 고함 소리와 함께.

"으악!"

"내 팔! 내 팔……! 아악!"

비명 소리는 옵션으로 같이 껴 있었다.

정상에 도착한 루와 미오는 눈살을 찌푸렸다. 상황은 바로 파악이 가능했다. 더구나 익숙한 사람들이다. 검은 복면을 한 일단의 무리. 그 숫자는 대략 50에서 60.

반대로 그 복면인들에게 공격당하는 무리는 어제 보았던 그 용병대와 하메른 상단.

"산적… 일 리가 없겠지, 저런 인간들이."

"그렇게 보여요."

루의 물음에 미오가 바로 대답했다.

"배낭 내려. 개입한다."

"네."

루의 말에 미오는 바로 배낭을 내려 한쪽에 잘 기대어 놓았다. 그건 루도 마찬가지. 그러자… 둘은 바로 전투태세가 끝났다.

개입하기로 마음먹었다.

기사도 3장: 어려움에 처한 이를 눈앞에 두고 외면하는 건 기사가 아니다.

사부에게 배운 기사도 3장에 의거해서 말이다.

어제 단 한 번 같이, 그리고 아주 잠시 얘기를 나눴지만 일단 저들은 루가 봤을 때 나쁜 사람들은 아니었다. 무언가 비밀을 가지고 있는 것 같긴 했지만 루나 미오가 보기엔 절대 악인이 아니었단 소리다.

그렇다면 나쁜 건 상대.

거기에 복면까지 했다는 건 정체를 밝히기 싫다는 뜻이고 그만큼 떳떳하지 못하다는 소리다. 즉, 나쁜 일을 하고 있다는 소리.

누굴 도와야 하는지는 이미 정해졌다.

그럼 다음은?

"어때?"

챙! 차앙!

"막아!"

"아가씨를 보호해!"

아직도 교전 중인 모습을 보면서 루가 미오에게 물었다.

"기사 중하급, 상급 하나."
"그치? 넌 마차를 보호해. 난 전면에 선다."
"네."
순식간에 적의 전력을 파악하고 전술을 짠다. 루는 상황 파악이 빨랐다. 외치는 소리 중에 무조건 마차를 막으라는 외침. 그건 적들의 표적이 상단이 싣고 온 물품이 아니라 마차 안의 후드 여자라는 소리였다.
빠르게 파악을 끝내고, 아주 적절하게 내린 간단한 전술명령이었다.
스르릉.
루의 허리춤에서 두 자루의 샴쉬르(Samshir)가 날카로운 소음을 동반하고 뽑혀 나왔다. 시린 예기를 토해내는 루의 샴쉬르.
스르르르릉.
조금 더 긴 소음.
미오의 대태도다. 악시온에서 쓰는 대태도보다는 조금 얇고 짧지만 대신 날카로운 위압감만큼은 최고였다.
후우…….
심호흡을 하고.
둘은 동시에 전장으로 난입했다.
타다다다닷!
루와 미오가 난입하자 이목이 갑자기 확 쏠렸다.

꿈틀.

'죽여!'

"시끄러."

순간 루의 머릿속에서 들려온 외침.

루는 그 외침에 시니컬하게 대답했다.

하지만 눈과 입은 웃고 있었다.

씩.

타다다다닷!

순식간에 거리를 좁힌 루는 가장 가까이에 있던 복면인의 옆구리로 짓이겨 들었다. 왼손의 샴쉬르가 밑에서부터 위, 사선으로 휘둘러졌다.

캉!

"큭!"

막혔다.

복면인은 겨우 막았지만, 손을 타고 전해지는 강렬함에 그만 신음을 내고 말았다.

하지만… 어쩌면 그건 유언. 아니, 확실한 유언이었다.

왼손이 막히자마자 빛의 속도로 휘둘러지는 오른손.

빛나서, 터져라.

분광(分光).

번쩍.

순간 명멸(明滅)하는 빛의 궤적.

단 이격(二擊).

왼손과 오른손의 연격(連擊).

서격.

두 번째 오른손의 샴쉬르가 복면인의 목을 깔끔하게 하늘로 쳐올렸다. 그건 하나의 연극, 관객을 압도하는 하나의 연극이었다.

그러나 연극은 루 혼자 하는 게 아니었다.

루가 적의 목을 쳐내는 그때.

미오도 도달.

앞으로 나가 있는 발이 멈추며 자세를 잡는다.

착.

팡!

순식간에 들어갔던 도가 도로 뽑히며 순속의 발도(拔刀).

꿰뚫으며, 쏘아 떨어뜨려라.

사일(射日).

강맹한 힘이 담긴 미오의 도가 순속의 속도로 뽑혀 사선(斜線)을 긋는다.

쩌정.

팍!

복면인은 막았다.

하지만 도는 검을 강맹한 힘으로 타격하고, 깨뜨린 다음, 그대로 허리를 절단했다.

이격(二擊)은 없다.

휘이잉.

바람이 불면서 복면의 허리가 그대로 무너져 내렸다.

눈으로 보고 있지만, 참 현실성 없는 모습.

이건 거의 동시에 일어난 일.

어, 하고 보고 있다 당한 일 치고는 너무 뼈아픈 일이었다.

"자, 거기까지."

루의 말이 산 정상에 울렸다.

*   *   *

"자, 거기까지."

꿀꺽.

'강자다…….'

북면인의 수장은 지금 긴장했다.

이 중에서 가장 강한 무력을 가지고 있는 자신이기에 좀 전에 본 두 장면은 충격이었다. 아무리 자신이라도, 저렇게 빨리 수하의 목을 치긴 어려웠다.

실력의 격차는 둘째치더라도… 저 휘둘러지는 칼은 육안으로 파악조차 불가능했다. 검을 든 자가 전투 중에 검을 못 본다?

죽여 달라는 소리와 전혀 다를 게 없었다.

거기다가 저 장신의 미녀는 또 어떤가.

자신조차 처음 보는 무기였다.

악시온에 저런 무기를 쓰는 집단이 있다는 소리는 들었지만, 실제로 보기는 처음이란 소리다. 하지만 문제는 무기가 아니었다.

순식간에 거리를 좁혀서 빛이 번쩍이는 것 같았는데…….
검과 함께 수하의 몸을 허리부터 분리해 버렸다.

못한다.

검과 함께 사람의 허리까지 베어내는 짓은.

복면인들의 수장은 바로 인정했다.

더 이상 안 봐도 안다.

저 젊은 나이의 남녀는 강했다. 이제 40을 넘은 자신보다도 더.

'전부 달려들면…….'

순간 머리를 굴려 생각해 봤다. 그러나 복면인의 수장은 고개를 저었다. 이건 그걸로 어떻게 될 그게 아니었다.

아직 용병대도 반 이상 남아 있었다.

특히 용병대장은 가진 관록과 경험으로 본신 무력 이상의 실력을 보여주고 있었다.

현재 상황은 잠시 공황상태에 이은 소강상태였다.

"더 할래?"

흠칫.

'피해야 한다…….'

젊은 남녀 중에 남자, 잿빛 머리의 청년의 말에 복면 수장은 바로 마음의 결정을 내렸다. 하지만 그 순간,

'임무를 완수하지 못하면…….'

자신을 보낸 상관이자 주군의 말이 머릿속에 떠올랐다.

임무를 완수하지 못하면, 자신뿐만이 아닌, 자신의 가족까지 위험하다. 이 임무를 맡을 때부터 그렇게 정해졌다.

하지만…….

'너무 위험해. 다 죽을 거야…….'

경험이 많은 그다.

수없이 많은 나쁜 짓을 하면서도 살아남을 수 있었던 원동력은 바로 강자를 구별해 피하는 능력이었다.

자신은 악당이다.

하지만 저런 인간들에게 검을 들이밀고 죽긴 싫었다.

저 정도의 기도와 느낌을 자신에게 주려면 적어도 기사 최상급이다. 같은 기사라도 등급은 당연히 존재한다. 하급, 중급, 상급, 최상급, 이 각각의 등급 격차는 생각보다 컸다.

'중급이 열 그리고 나머지 전부 하급……. 다 죽는다.'

더 안 봐도 뻔하다.

그래서 잘 알았다. 언젠가 주군의 옆에 있던 그 기사를 처음 대면했을 때의 느낌과 비슷했다. 덤비면 죽는다.

그런 느낌.

근데 눈앞의 저 잿빛 머리 청년은 주군의 옆에 있던 기사보다 더욱 위험했다. 번질거리는 눈동자. 입가에 지어진 미소……. 사람을 죽이고도 즐거운지 희미하게 짓고 있는 미소는 자신보다 더욱 무서운 부류라는 걸 딱 말해주고 있었다.

거기다 옆의 차가운 느낌의 미녀가 뿜어내는 기세도 만만치 않았다. 저 미녀도 최소한 기사 상급에서 최상급, 아니, 무조건 최상급이다.

그렇다면… 어쩌면 초인인지도 몰랐다.

복면 조장은 뛰어난 인재였다.

감도 좋았다.

악한 일을 하지만 실력은 있다는 소리다.

덤비면 무조건 죽는다. 이런 느낌이 가슴속 깊숙한 곳에서부터 올라와 뇌리를 꽉 지배했다.

상급의 무력을 가진 자신의 육안으로도 확인이 불가능한 검격(劍擊)을 펼쳐내는 이가 둘이다.

이 작전… 실패다.

복면조장은 마음을 굳혔다.

가족이든 지랄이든… 일단 살아야 했다. 그리고 다음 기회. 다음 기회를 노려야 했다. 어차피 아직 수하들은 많이 남아 있었으니까.

그리고 여차하면 지원요청을 해도 되고.

삐이익!

날카로운 소음이 들리고, 그 소리에 복면인들은 곧바로 도주했다.

아주 올바른 선택이었다.

*　　　*　　　*

"휘유."

휘파람을 살짝 불며 루가 검을 내렸다. 역시, 처음부터 진신무력을 펼쳐내길 잘했다. 그리고 미오도 그런 의도였는지 처음부터 강한 일격으로 적의 숨을 끊었다.

그리고 복면인들의 수장은 보는 눈이 있었는지 둘의 무위를 알아차리곤 상대할 수 없다고 느껴 바로 도망쳤다.

"머리는 있는 녀석이군."

"맞아요."

착!

도를 길게 뿌려내자 피가 바닥으로 확 튀었다. 그렇게 검에서 피를 털어낸 미오가 품속에서 가죽 주머니에서 천을 두 개 꺼내 하나는 루에게 건네고, 하나는 자신의 도를 닦았다.

스르룽.

그리고 착도 혹은 착검.

루는 검을 집어넣고 뒤를 돌아보며 말했다.

"괜찮습니까?"

"아, 네. 괜찮습니다."

마차 바로 앞에 있던 하메른 상단주가 루의 말에 앞으로 나서며 대답했다. 놀랐는지 얼굴이 조금 질려 있었지만 그래도 크게 흔들린 모습은 아니었다.

상단 하나를 이끄는 주인이니 이런 경험이 아예 없진 않았던 탓이다.

"다행입니다."

"감사합니다. 어제에 이어 또 도움을 주시고……. 정말 감사합니다."

나이를 불구하고 루에게 깊게 허리 숙여 인사하는 하메른 상단주. 그런 상단주의 행동을 루는 가볍게 허리를 잡아 세워 끝내버렸다.

"아직 기사는 아니지만 기사의 길을 가려고 하는 예비기사입니다. 당연한 일입니다."

루의 입장에선 당연한 일이었다.

딱 봐도 복면인은 불순한 의도를 가지고 있었다.

약자를 보호하는 것도 기사도에 들어간다. 곤란에 처한 이를 구하는 것도 기사도에 들어간다.

루의 행동은 배운 그대로의 행동이었다. 다만 방법에 조금 과격함은 있었지만.

"피치에 마을까지는 동행해 드리겠습니다. 그럼 사상자를 수습해 주십시오."

"네, 감사합니다, 감사합니다……."

루는 그렇게 말하고 등을 돌렸다. 이게 루가 해줄 수 있는 최선이다. 그냥 가면 또 기습당할지도 몰랐다.

딱 봐도 산적이 아니었다. 마적도 아니었다. 잠깐이지만 제대로 훈련받은 느낌이 있었다. 물론 정상적인 집단도 아닌 듯했다. 풍기는 느낌 자체가 음험하고 위험했기 때문이다. 그런 저들인데… 자신과 미오가 빠지면 분명히 다시 기습해 올 것이다.

그건 구해놓고 다시 죽이는 짓이다.

그래서 루는 어차피 목적지인 피치에 마을까지만 동행하기로 결정했다. 루는 한쪽 바위로 가서 털썩 주저앉았다.

그리고 눈을 감았다.

들끓는 마음을 진정시키기 위해서다.

전투가 시작되기 전, 마음속에서 들려온 그 목소리를 진정시키기 위해. 사부에게 배운 호흡법을 시작했다.

"후우, 후우… 후우……."

들숨과 날숨으로 이어진 호흡법이지만 심신(心身)을 진정시키는 데는 정말 탁월한 효과를 지닌 호흡법이었다.

“…….”

그런 루의 곁은 미오가 지켰다. 루가 앉은 바위 뒤쪽을 잡고 선 미오. 전면은 뚫려 있지만 뒤는 조금만 가면 숲이라 일부러 뒤에서 경호를 섰다.

자신도 알고 있는 저 호흡법은 일단 시작하면 거의 무아지경 상태가 된다. 그럴 때 기습을 받으면 진짜 치명적이다.

반드시 지켜야 하는 일이다.

루의 상태를 잘 아는 미오니… 마음을 다잡고 다시 일어서기 전까지 반드시 지키겠다는 결의가 눈빛에 있었다.

5분 정도가 지났을 때 루의 전면에서 기척이 느껴졌다. 미오가 등을 돌려 보니 어제 보았던 후드의 여자가 하메른 상단주, 크리스탄 용병대장과 같이 걸어오고 있었다. 하지만 그 둘은 후드 여자의 뒤에 위치해 있었다.

척.

미오가 길을 막았다.

“저기…….”

아름다운 미성이 울려 퍼졌다.

“…….”

미오는 대답하지 않았다. 다만, 서릿발처럼 차가운 눈과 얼굴로 도에 손을 대고 버티어 섰다. 그녀가 대답하는 건 자신의 가족이라 생각하는 유라, 루, 란스뿐이다. 그 외에는 말을 섞지 않는다.

스릉.

도가 살짝 도집에서 빠져나와 시린 빛을 토해냈다.

기세는 뿜어내지 않는다.

루가 명상 중이기 때문이다.

다만 경고는 보낸다.

접근하지 마라.

"그게… 저기."

손가락을 조물락거리며 말을 더듬는 후드 여자. 하지만 미오는 비켜서지 않았다. 오히려 더욱 못 비킨다는 단호한 의지를 얼굴에 내비쳤다. 이를 앙다물고, 더욱 차갑게 얼굴을 굳히는 걸로.

미오의 이런 행동에 하메른 상단주도, 크리스탄 용병대장도 순간 어떻게 해야 할지 갈피를 잡지 못했다.

도와줄 땐 언제고… 이러는 것일까.

"미오, 그만. 이제 됐어."

"네."

착.

순간 들려온 루의 목소리에 미오가 조금 나온 도를 다시 도집에 넣고 물러나 루의 곁으로 가서 섰다.

그러자 루는 자리에서 일어나 미오의 머리에 손을 대고 헝클었다.

"너무 그러지 마. 딱 봐도 고맙다고 인사하러 왔잖아. 그렇게 몰아붙이면 저 사람들이 뭐가 되겠어?"

"네……."

루의 조용하지만 자상한 말에 루는 고개를 살짝 숙이고 그냥 네 하고 대답했다. 하지만 얼굴은 그렇게 붉어지지 않았다.

쑥스럽지도, 잘못하지도 않았다는 얼굴이었다.

루는 그런 미오의 얼굴을 보곤 피식 웃었다. 그러곤 시선을 돌렸다.

"무슨 일이십니까?"

"아, 그게… 저, 감사합니다!"

"별말씀을. 해야 할 일을 했을 뿐입니다."

고개를 푹 숙이며 감사하다고 인사하는 후드 여자. 루는 그 인사를 가볍게 기사의 예를 취하며 받았다.

하지만 루의 성격상 한 소리 하는 건 잊지 않았다. 두 번이나 구해줬는데 정체를 밝히지 않는다.

뭐, 차라리 그게 더 좋긴 하지만 루로서는 기분이 나쁠 만도 했다.

"다음엔, 인사할 땐 후드를 벗고 했으면 좋겠군요."

"아, 그게… 여기에는 사정이……."

"그렇겠죠. 수습은 다 됐습니까?"

루는 가볍게 후드 여자의 말을 무시했다. 상대는 분명 범상치 않은 신분을 가지고 있을 테지만……. 어차피 정체를 밝히지 않았으니 무시해도 좋았다.

현재는 서로가 모르는 상태이기 때문이다.

"네, 거의 끝났습니다. 바로 출발해도 될 것 같습니다."

대답은 용병대장 크리스탄에게서 나왔다.

존대는 여전했지만 말투는 좀 더 조심스럽고 정중해졌다. 실력을 보았기 때문에 나온 것이다. 자신조차 상대 불가. 아니, 용병대 전체가 덤벼들어도 둘의 옷자락이나 베면 다행이라는 걸 그도 알기 때문이었다.

굳이 비유를 하자면…….

포탄처럼 뛰어나와 육안으로 보기도 힘든 속도로 검과 도를 뿌린다.

여기서 중요한 건 육안으로 확인 불가의 속도다.

몸이 오는 건 보였으나 손이 휘둘러지는 그 순간의 찰나는 놓쳤다. 아마 제대로 눈에 힘을 주고 봐도 못 볼 것이다.

그런 인물이 둘이다.

건방지게 대해봤자 좋을 게 하나도 없었다.

"그럼 출발하죠. 먼저 가십시오. 저희도 짐을 가지고 바로 합류하겠습니다."

"네."

그렇게 말하고 루는 배낭을 놓은 것으로 걸음을 옮겼다.

루가 합류해서 피치에 마을로 가는 동안은 별다른 일은 일어나지 않았다. 그 알 수 없는 복면인들도 루와 미오를 그 인

원으로 상대가 불가능하다고 여겼는지, 아예 근처에서 눈에
띄지도 않았다.
　약 사흘을 더 걸어 루와 미오를 포함한 상단 일행은 피치에
마을에 도착했다.

Chapter
03
피치에 마을

　마을에 도착한 루와 미오는 상단 일행과 가볍게 인사를 나누고 헤어졌다. 아니, 사실은 루가 좀 일방적인 통보를 하고 헤어졌다.

　마을에 도착했으니 더 이상 보호는 필요없겠다 싶었기 때문이다. 그리고 오면서 자신들의 목적지는 이곳이라 더 이상 동행은 불가능하다고 단단히 못 박아뒀다.

　루를 비롯한 유라, 란스, 미오 사 남매는 사부의 유언이라는 족쇄가 있었다. 물론, 그딴 유언 따위 알 게 뭐야 하고 마음먹는다면 그냥 무시하는 것도 괜찮겠지만, 사부를 거의 아버지처럼 여겼던 사 남매라 그 유언은 거의 절대적이었다.

그 유언 중 가장 큰 유언.

"산에서 하산하려거든… 옆 산의 트롤을 죽이고 내려가라."

그만한 실력을 쌓고 내려가란 소리다. 초인이 된 다음에야 내려가란 소리다. 아니, 초인이 되어도 준비를 철저히 하지 않는다면 아마 트롤을 잡기도 힘들 것이다.

현재 초인은 유라 혼자다.

대륙 동쪽에 위치한 마도 제국의 천재(天災)만큼이나 천재(天災)적인 재능을 지닌 유라다. 그런 유라도 현재는 트롤 사냥 불가, 아니, 절대적 불가.

사부는 말했었다.

사 남매에게 가르쳐준 특별한 공부는 대륙 그 어디에도 찾기 힘든 고귀한 공부라고. 그 공부를 열심히 해 초인의 길을 연다면 반드시 트롤을 죽일 수 있을 거라고.

사 남매는 믿었다.

그래서 산에서 도망치려는 생각 따윈 하지도 않았다. 그리고 재능이 있었기에……. 사부가 죽을 때쯤에야 엿보았던 초인의 길을 사 남매 중 유라는 벌써 가고 있고, 셋은 문을 두드리는 위치에 있었다.

거기다가 진짜 결정적인 이유는…….

사부가 트롤에게 중상을 입은 것.

그리고 그것 때문에 죽었다는 것.

이게 가장 큰 이유이기도 했다.

즉, 사 남매에게 트롤은 사부의 원수라는 소리다.

어쨌든 이런 족쇄가 있다.

기사도를 중시한다면 당연히 어려움에 빠진 저들을 도와
줘야 하지만 해야 할 것이 있다.

기사도를 지키지 못하지만 어쩔 수 없었다. 여기서 헤어지
는 수밖에.

그래서 루는 일방적으로 동행을 여기서 끊은 거다. 서운한
얼굴이었지만 그것조차 단호히 끊었다.

그런 루는 지금 피치에 마을의 대장간으로 가고 있었다.

"할아버지, 저 왔어요."

"응?"

강렬한 불꽃을 피워내는 화로에서 쇠를 끄집어내 망치질
을 하던 건장한 노인이 루의 말에 응? 하면서 뒤돌아봤다.

꾸벅.

미오가 그 노인이 돌아보자 고개를 숙여 인사를 했고, 루는
손을 살랑살랑 흔들었다.

"이놈! 어른한테 그게 무슨 버릇이냐!"

노성이 대장간을 흔들었다.

그러나 루의 행동이나 표정엔 변화가 없었다. 오히려 웃음
이 더욱 짙어졌다.

“에이, 하루 이틀인가요? 왜 그래? 꼭 삐진 사람처럼?”

“그래도 이놈이!”

아직 쓰임새를 알 수 없는 쇠를 그냥 자리에 내려놓고 노인은 성큼성큼 밖으로 걸어 나왔다. 조금 어두웠던 대장간을 나온 노인의 풍채는 우람했고, 정정했다.

얼굴로 봐선 족히 육십은 넘어 보이는데 딱 벌어진 어깨에 구릿빛 피부가 노인이 아직도 정정하다는 걸 보여주고 있었다.

거기에 검고 탐스럽게 기른 턱수염, 반질거리는 대머리와 부리부리한 눈매. 거기에서 노인의 성정은 어떤지 짐작할 수 있었다.

다만 눈에는 반가움이 있는 걸 보아 루의 행동을 싫어하는 거 같진 않았다. 사부의 손을 잡고 피치에 마을에 왔을 때부터 알아온 노인의 이름은 더스틴이었다.

“그래, 지금 내려왔더냐?”

“좀 전에. 누나가 온 지 반년 좀 넘었잖아요?”

“그랬지. 그러고 보니 벌써 반년이 지났구나. 일단 들어가자.”

“네.”

더스틴의 들어오라는 손짓에 대장간 옆문을 따라 들어가는 루와 미오.

“어머, 루 도련님이랑 미오 아가씨 오셨어요?”

안으로 들어가자 마당에서 빨래를 걷고 있는 중년 여성이 보였다. 더스틴의 며느리인 애가사 부인이다.

선량하고, 아름다운이라는 이름 뜻에 맞게 부인의 외모는 이런 마을에 있기에는 아까울 정도로 아름다웠고, 또한 착해 보였다.

더스틴의 아들은 결혼하고 수도에 가던 길에 도적 떼에게 죽었다. 그런데도 며느리인 애가사는 지금까지 더스틴을 모시고 있었다. 그만큼 마음도 선량하고 착한 여자였다.

애가사는 항상 사 남매를 아가씨, 혹은 도련님이라고 불렀다.

그들의 분위기가 그러한 것도 있지만 알게 모르게 더스틴이 그들이 올 때를 기다리고, 오면 한동안은 얼굴에서 잔잔한 웃음을 잃지 않아 고마움에 부르는 호칭이었다.

"안녕하세요. 이번엔 제가 왔습니다."

"호호, 잘 오셨어요. 안 그래도 아버님께서 적적해 하셨는데, 온 김에 좀 오래 있다 가세요."

루의 인사에 애가사 부인은 입을 가리고 호호 웃고는 정이 가득 담긴 목소리로 루에게 좀 오래 있다 가라고 말했다.

그러자 더스틴은 냉큼 방으로 들어가더니 한 소리를 툭 던졌다.

"험험, 실없는 소리 말고 가서 차나 내오거라."

"어머, 네. 아버님. 두 분 얼른 들어가세요."

"신세 좀 지겠습니다."

"신세라니요. 호호."

그렇게 웃고는 애가사 부인은 주방이 딸린 곳으로 들어갔다.

더스틴의 집은 이 층 구조의 일반 집이었다. 다만 이런 시골 마을에선 이층집을 보기 힘들기 때문에 이 이 층집 자체가 더스틴의 마을에서 권위를 나타내줬다.

집 한쪽에서 더스틴이 먼저 자리에 앉자 루와 미오도 따라 앉았다.

"그래, 잘들 지냈느냐?"

"네, 잘 지냈죠. 뭐."

더스틴을 만나자 루는 말투부터 달라졌다. 상단과 같이 올 때만 해도 묻는 질문에 다나 까를 썼다. 하지만 지금은 거의 요자로 끝났다.

그만큼 격의없게 대답하고 있다는 뜻이었다. 더스틴도 그걸 책망하진 않았다. 처음에야 그냥 반가워 그런 것뿐이고, 더스틴에게 루를 비롯한 사 남매는 손자, 손녀이자 마을의 수호자였다.

"그래, 잘 지낸다니 됐다."

"할아버지도요."

더스틴의 말에 루가 빙긋 웃으며 대답했다.

루가 세상에 유일하게 편하게 대하는 사람이 있다면 있다면, 이젠 더스틴뿐이다. 원래는 둘이었다, 사부까지.

하지만 이젠 사부가 없으니……. 더스틴 혼자뿐이었다, 루의 이런 살가운 반응을 볼 수 있는 건.

"맞다, 여기 백열탄이요."

루가 배낭을 들어 더스틴에게 건넸다. 그걸 받아든 더스틴은 배낭을 조심스럽게 풀어 안에 든 하얀색 광석을 꺼냈다.

백열탄.

대장장이들은 물론 연금술사들이 주로 이용하는 광물이다.

여기서 대장장이들이 쓰는 이유는 바로 고급 무기를 단조할 때는 반드시 이 백열탄을 넣고 쇠를 달궈야 했다.

그리고 이 백열탄을 다룰 수 있는 대장장이는 대륙 전체를 뒤져도 열을 채 넘기지 못했다. 그나마 그 열도 안 되는 대장장이 중 거의 반 수 이상이 세 개의 거대제국에 소속되어 있었고, 초인으로 분류된 대장장이도 정말 운 좋게 체르니 왕국에는 한 명뿐이었다.

그리고 그 대장장이 초인이 왕국을 먹여 살리고, 지키고 있다고 봐도 무방했다. 그에 대해선 이야기가 길지만 지금은 말할 단계가 아직 아니다. 그리고 더스틴은 대륙에는 알려지지 않은 백열탄을 가공, 사용 가능한 숨겨진 대장장이였다.

"순도가 좋군."

"그렇죠? 조심해서 캤으니까요."

"그래, 이번에도 이놈을 이용해서 무기를 만들어 주면 되겠느냐?"

"네, 저는 두 자루, 미오도 두 자루, 란스는 가능한 한 많이요. 아, 유라 누나는 필요 없대요."

"유라가? 설마?"

더스틴의 물음에 루는 조금 볼을 부풀렸다.

"네, 나무 봉도 누나 손에 잡히면……."

"허, 허허. 경사구나, 경사야."

"경사는요. 옆에 있는 저희는 죽을 맛인데……."

거짓말이다.

조금 샘은 나지만, 그만큼 루나 란스, 미오는 유라 덕분에 든든했다. 그리고 유라는 이제… 무기에 구애받지 않는 경지다. 유라가 사부에게 배운 공부는…….

관일(貫日).

그녀의 손에 들린 나뭇가지라도 길기만 하다면 꿰뚫린다.

그게 현재 유라의 공부 상태였다.

더스틴은 물론 유라를 아는 사람들은 다 이렇게 생각했다.

유라를 상대할 자.

대륙 전체를 뒤져도 채 열을 넘지 못할 거라고.

그만큼 유라의 재능은 엄청났다.

이미 육체적 수련도 거의 끝났고, 그녀가 경지를 올리는 방법은… 정신적인 공부가 전부였다.

"그래, 그럼 너희는?"

"저는 답보고요. 미오는 한 단계 성장했어요. 아, 란스도."

"그래, 그렇구나. 축하한다. 미오야."

"…감사합니다."

꾸벅.

미오도 더스틴의 말 만큼은 무시할 수 없었다. 그래서 고개를 살짝 숙여 감사하다고 대답했다.

한동안 안부를 묻다가 루는 조용히 더스틴에게 물었다.

"그보다 마을은 어때요? 또 새로 들어온 놈들 없어요?"

"음……."

"있어요?"

"그래, 있다."

더스틴의 대답에 루의 안색이 찌푸려졌다.

루는 이렇게 물어봤다.

타지에서 들어온 이상한 놈들 없냐고.

근데 더스틴은 이렇게 대답했다.

있다고.

그건 곧 마을에 위해를 가할 놈들이 또 들어왔다는 소리다. 사부를 따라 어렸을 때부터 이 마을에 다닐 때면 사부가, 혹은 사 남매가 그런 무리를 모조리 박살 냈다.

인구수 500명 정도밖에 안 되는 작은 마을이지만 왕국 자체가 기울었고, 워낙 흉흉하다 보니 타지인 들이 항상 일 년에 몇 번씩 들어왔다.

그럴 때마다 박살, 박살, 박살.

항상 박살 냈다.

근데 요 일이 년간 안 보이더니 이번에 또 들어왔단다.

루는 이걸 그냥 지켜볼 수 없었다.

이곳은 사 남매에게도 소중한 마을이다.

정이 든 더스틴이 있었고, 애가사 부인이 있었고, 부인의 두 자식이 있었다. 소중한 마을이었다.

"근데 좀 이상하더라."

"이상? 뭐가요?"

더스틴의 말에 루가 되물었다.

"여자나 노약자, 애들한테는 일절 손을 안 대. 하지만 건장한 남자들을 잡아다가 뭔가 주입시키는 거 같더라."

"주입이요? 무슨 종교예요?"

궁금증이 일어 루가 물었더니 더스틴은 고개를 저었다. 모른다는 뜻이다.

"다들 입을 꽉 다물더구나. 그러니 알 길이 없다. 그놈들 들어온 지 이제 한두 달밖에 안 됐어. 아직 좀 더 지켜봐야겠다."

"그땐 늦어요. 저랑 미오가 다녀올게요."

"그래 주겠느냐? 그럼 오늘은 쉬고, 내일 다녀와라."

"네, 알았어요."

더스틴의 말에 루는 웃으면서 알았다고 대답했다. 더스틴의 말이다. 사부보다는 조금 못하지만 그래도 할아버지라고 생각하는 더스틴의 말이다.

그래서 루는 바로 알았다고 대답했다.

"좀 있으면 유진이랑 유디스가 오니 좀 놀아주거라. 유진이 그놈 요즘 자꾸 자기도 쇠를 다루겠다고 하는데, 그놈은 대장장이가 될 재목이 아니야. 유진이가 너를 잘 따르니 말 좀 잘 해주고."

"네."

유진, 더스틴의 손자다.

유디스는 더스틴의 손녀였다.

각각 12살, 10살인데 유진은 상당히 사려가 깊고, 머리 쓰는 걸 좋아했다. 어렸을 적엔 나중에 커서 유라에게 청혼할 거라고 멋모르고 텅텅 소리쳐 주변을 웃게 만들기도 했었다. 그렇게 말해놓고 말은 오히려 루의 말을 더 잘 따랐다.

유디스는 말괄량이 꼬마 아가씨다.

루보다는 미오를 더 잘 따랐다.

유디스는 이랬었다.

나중에 커서 미오만큼 예뻐져서 루에게 시집갈 거라고. 물론, 루는 그 말을 듣고 너는 절대 미오만큼 못 예뻐진다고 진심으로 말했다.

당연히 유디스는 펑펑 울었고, 한동안 루에겐 말도 안 붙였다.

이런 유디스도 루보단 미오를 더 잘 따랐다.

사 남매에게 있어 더스틴 일가는 사 남매 본인들끼리의 유대감만큼은 아니어도, 그에 준하는 유대감을 느끼게 해주는 곳이었다.

잠시 후.

"루 형!"

"미오 언니!"

유진과 유디스가 집에 돌아와 둘에게 달려들었다. 두 남매를 보며 루의 얼굴에도 웃음이, 미오의 얼굴에도 희미하지만 미소가 자리 잡았다.

이곳은 사 남매에게 소중한 곳이다.

*　　　*　　　*

맛있는 저녁을 얻어먹고 일찍 잠자리에 들었던 루는 아침 일찍 잠에서 깼다. 원래 산이라면 이 시간에는 일어나기 힘들지만 잠자리가 바뀐 탓에 제대로 못 잠든 탓도 있고, 오늘은 이곳저곳 들러야 할 곳이 많아서 빨리 일어난 루였다.

“크응……!”

건물 뒤 공터로 나온 루는 팔을 높게 올리며 기지개를 켰다. 그러자 입에서 저절로 나오는 신음 소리.

휙! 휙!

몸을 푼 루는 팔다리를 뻗으며 몸을 움직였다. 내뻗는 손엔 호쾌하고 빨랐으며, 진중하기까지 했다.

태을(太乙).

사 남매가 사부에게 배운 손과 발을 쓰는 공부다. 몸을 쓰는 공부라고 거창한 건 아니다. 단지 몸을 푸는데 집중을 두고, 근력 강화와 유연성을 동시에 기르는 공부일 뿐이다.

몸을 어느 정도 다 풀자 익숙한 실루엣이 루가 나온 문을 통해 나왔다. 미오였다. 깔끔하게 정돈된 의복, 아마 루가 일어났을 때 미오도 일어났을 것이다.

그리고 루와는 다르게 여자인지라 머리를 정돈하고, 옷매무새를 정돈하고, 그러다 보니 루보다 조금 늦게 나온 것이다.

“잘 잤어?”

“네, 오빠도 잘 잤어요?”

“그럼, 나야 잘 잤지.”

“네.”

정말 별것 없는 대화.

그러나 이런 거라도 안 하면 남매간에 대화가 거의 이뤄지지 않기 때문에 유라가 내린 방침이다.

무슨 일이 있어도 아침 인사는 할 것.

루야 전투 시가 아니라면 별다른 성격의 결함은 없지만 미오와 란스는 다르기 때문이다. 밖으로 나온 미오도 루가 했던 몸 풀기를 시작했다.

앞서 했던 루와는 역시 조금 달랐다.

루의 태을이 상당한 속도 위주였다면 미오의 태을은 빠르기는 루보다 못하지만 상당히 강맹한 기세를 담고 있었다.

진신공부의 성향 탓이다.

루의 분광은 극도의 빠름이고, 미오의 사일은 빠름과 강맹함의 조화다. 그렇기 때문에 여기서도 차이가 났다.

잠시 뒤 미오의 몸 풀기가 끝나자 루가 자리에서 일어나며 말했다.

"몸 좀 풀까?"

"네."

루가 자리에서 일어나 샴쉬르를 꺼내며 하는 말에 미오도 그 뜻을 알아채고 바로 대답하며 자신의 태도를 꺼냈다.

이런 일이 한두 번도 아니다.

툭하면 루는 미오에게 칼을 들이밀었다. 물론, 죽이기 위해서가 아니다. 이제 최상의 경지에 도달한 미오를 위해 그 감각을 유지시켜 주기 위해 루가 몸소 나서주고 있는 것이다.

까닥까닥.

루가 검을 왼손은 늘어뜨리고, 오른손만 들어 검 끝을 흔들어 미오에게 오라고 신호를 보냈다.

쫘악.

"후우……."

그런 루의 행동에 미오가 도를 잡은 손에 힘을 줬다. 그다음은 심호흡, 미오의 눈빛이 진중하게 변했다.

루의 빈틈을 찾고 있는 것이다.

하지만 미오는 루의 빈틈을 찾지 못했다. 아직까진 실력의 격차가 꽤 나기 때문이다. 살짝 미간을 찌푸린 미오는 곧 결단을 내렸다.

'정면!'

돌파의 감행이다.

타다다다닷!

약 20보 정도 떨어져 있던 거리가 순식간에 좁혀 졌다.

깡!

쏘듯이 떨쳐낸 미오의 도가 루의 오른손에 막혔다. 루는 쌍수검. 그것도 극에 다른 빠름을 추구하는 분광을 쏘는 기사.

번쩍.

"큭!"

막자마자 한 발 앞으로 내딛으며 왼손의 샴쉬르가 허공에서 번쩍했다. 발도의 힘을 다 죽여놓고 내지른 일검이다.

미오는 바로 고개를 숙여 피했다.

쉬익!

날카로운 파공음이 또 터졌다.

미오가 고개를 숙이자 최초의 발도를 막았던 오른손의 샴쉬르가 밑에서 위로, 사선을 그으며 올려쳐 진 것이다.

그 공격의 끝은 칼끝이 정확히 턱 끝에 닿도록 조절되어 있는 일격이었다.

미오는 두 번째 일격을 턱을 뒤로 당겨 피해내고 바로 세 발자국 뒤로 물러났다. 그리고 세 번째 걸음이 땅에 닿자 바로 앞으로 퉁겨졌다.

깡!

빠르게, 그리고 강하게!

그게 후예사일의 공부.

하지만 아직 완벽하지 않고, 실력의 차이가 나서 이 공격도 루에게 막혔다, 그것도 아주 가볍게.

루의 완력은 여성인 미오보다 약하다. 분광엔 강맹함이 없기 때문이다. 하지만 미오의 사일에는 강맹함이 있다. 그렇기 때문에 육체적 수련을 루보단 미오가 훨씬 더 많이 했다. 미오의 잘 빠진 몸매 속에는 남성인 루보다 강한 근력이 숨어 있다.

하지만 그럼에도 루는 미오의 검을 수월하게 막아냈다.

검이 맞닿는 순간 살짝 뒤로 빠진 다음 힘을 상쇄시켜 나중에 순간 힘의 집중으로 막아내는 탓이다.

두 번째 공격이 막히자 미오의 눈썹이 꿈틀거렸다.

막는 것과 피하는 것은 다르다.

공격을 막는 건 곧 반격의 여지가 있다는 뜻이다. 하지만 공격을 피하는 건 이미 막지 못할 각도로 들어오기 때문에 피한다는 뜻.

반격의 여지가 대부분 상실된다. 물론 초보자들의 싸움이라면 막나 피하나 거기서 거기겠지만 실력자들의 싸움은 다르다.

피하게 되면 싸움의 승기를 잃는다.

바로 지금처럼.

끼기기긱!

획!

루가 막아낸 검을 그대로 댄 채 그대로 검을 타고 전진, 오른손에 든 검을 내리그었다. 미오는 이번 공격도 막지 못했다. 루의 왼손에 들린 검이 내려 긋는 타이밍에 맞춰 미오의 도를 훅 튕겨냈기 때문이다.

그래서 회수가 늦어진다.

미오는 입술을 깨물며 다시 뒤로 빠졌다. 이 보 후퇴. 내려치기의 일격에서 피한 미오는 앞으로 전진하려고 했지만 대결은 끝나버렸다.

루가 이미 그럴 줄 알고, 내려치는 자세에서 힘을 풀고 빠르게 대시로 왼손의 검을 미오의 목에 들이밀었기 때문이다.

실력 차가 꽤 컸다.

"졌어요."

미오는 들었던 도를 내리며 담담하게 말했다. 딱히 분한 마음은 들지 않았다. 루도 그렇고, 유라도 그렇고, 대련할 때는 절대 가볍게 해주지 않았다.

전투의 감각을 살려주는 의도가 분명하긴 하지만 그렇다고 설렁설렁 하는 것보단 제대로 보여주는 게 차라리 나았다.

"휴, 수고했어. 발도는 좋아졌다. 손목이 저릿저릿해."

"……. 네."

칭찬이다.

아마 빈말은 아닐 거라고 미오는 생각했다. 확실히 힘에 있어선 미오의 후예사일이 루의 분광보다 더욱 강맹했다.

물론 그렇다고 란스의 공부만큼은 아니지만.

"그리고 너 자꾸 뒤로 빠지는 버릇 좀 고쳐. 마지막 내려치기는 뒤로 빠지지 않아도 턴 동작으로 피할 수 있었어. 뒤로 빠지니까 거리가 생기잖아. 아직까지 거리 싸움은 내가 너보다 위야. 란스만큼 힘이 없다면 속도와 힘, 둘 다 이용해 나를 압박해야지. 속도전에서는 무조건 내가 너보다 위야. 그건 알지?"

"네."

루의 말에 미오는 고개를 끄덕이며 대답했다. 맞는 말이다. 애초에 루의 공부와 특기 자체가 속도를 최우선으로 중시

한다.

근접전에서의 공격 자체는 그러다 보니 루가 최고다.

거기다가 미오의 무기인 대태도도 길이가 길다. 그렇다면 그걸 쓰려면 어느 정도 간격이 필요하다.

"뭐, 차차 나랑 대련하다 보면 나아질 거야. 오늘은 여기서 끝내자."

"네."

루는 해줄 말이 더 있긴 했지만 말을 아꼈다. 전부 다 알려 주는 것보단 스스로 생각해서 알아내는 게 성장에는 더욱 좋기 때문이다.

그렇게 아침 수련이 끝났다.

*　　　*　　　*

루는 아침을 먹고 조금 쉬다 미오가 수련을 시작하자 홀로 더스틴의 집을 벗어났다. 잠시 알아볼 게 있었기 때문이다.

"안녕하세요."

조금 걷자 잡화점의 주인이 보여 인사하는 루.

"어? 루 아니냐? 이거 오랜만이구나. 하하!"

"네, 어제 마을에 왔어요."

"그래, 이젠 어엿한 청년이네, 청년이야. 하하."

"하하, 그래요?"

　그렇게 루는 잡화점의 주인아저씨와 대화를 나누다 필요
한 물건을 구매했다. 물론 바로 가지고 가는 건 아니라 일단
준비만 해달라고 해놨다.

　그리고 나와 마을 이곳저곳을 둘러보는 루.

　루가 나온 이유는 무언가를 사기 위해서가 아니었다. 마을
의 분위기를 보기 위해서였다. 어제 더스틴과의 대화를 통해
이상한 패거리가 마음에 들어왔다고 해서 사전조사에 나선
것이다.

　일단 마을의 분위기를 확인.

　그리고 이상 조짐이 보이면 그다음에 해결에 들어갈 생각
이다.

　한동안 마을을 돌아다니던 루는 속으로 조용히 중얼거렸
다.

　'확실히 20, 30대 남자들의 숫자가 많이 줄었어.'

　그렇게 느껴졌다.

　이곳, 피치에 마을은 국경선과도 꽤나 떨어져 있어 마을 남
자들의 숫자는 그렇게 적지 않았다.

　근데 루가 한 시간에 가깝게 마을을 돌아다녔는데도 본 남
자들의 숫자는 정말 적었다.

　루는 더스틴이 했던 말을 다시 한 번 곰곰이 생각했다.

　'잡아다가 이상한 사상을 주입시킨다고 했지. 음, 그렇다
면 어딘가 보이는 장소가 있다는 소린데……'

집회를 연다고 쳐도 장소가 필요할 것이다.

루는 곧 조사 방식을 바꿨다.

마을 남자들을 잡아두려면 그런 남자들이 반항 못할 인원이 있을 것이다. 그럼 큰 건물을 중심으로 돌아보는 게 좋았다.

많은 사람을 불러 모아서 뭔가를 할 테니까.

루는 마을 곳곳을 살펴봤다.

하지만 없었다.

애초에 피치에 마을에 그렇게 큰 건물이 없었다. 제일 큰 건물이 더스틴이 사는 집이었고, 그 다음이 마을회관이다.

그런데 이 두 곳에는 없었다.

결국 루는 점심이 다 되도록 찾지 못해 더스틴의 집으로 걸음을 돌렸다.

돌아오자 어느새 점심상이 마련되어 있었고, 루는 손을 씻고 식탁에 앉았다. 더스틴이 좀 있다가 땀 흘리는 몸을 끌고 와 자리에 앉자 식사가 시작됐다.

식사는 조용했다.

유진과 유디스가 마을에 유일하게 있는 아카데미에서 점심을 먹기 때문에 떠드는 사람이 없었기 때문이다.

어느 정도 식사가 끝나고 애가사 부인이 차를 내오자 대화가 시작됐다.

"그래, 알아봤느냐?"

"네, 근데 어디서도 못 찾겠던데요? 확실히 마을 청년들은 좀 안 보이긴 했지만."

"산에 있다."

"산이요? 아, 아아."

더스틴의 말에 루는 바로 알아챘다.

피치에 마을 뒷산. 마을 뒤에 낮은 야산이 하나 있다. 높이는 높지 않지만 꽤나 크긴 했다.

거기라면 충분히 여럿이 숨을 수 있을 것이다. 뭔가를 할 수도 있겠고. 더불어 가깝기까지 하다.

"가볼 생각이더냐?"

"네, 가봐야죠. 이상한 놈들이면 가만둘 순 없으니까요."

"음……. 죽이지는 말아라."

"네."

더스틴은 루의 심성을 잘 안다. 지금이야 이렇게 조절하고 있지, 옛날의 루는 굉장히 날카로웠다. 아니, 날카로운 정도가 아니라 두 눈에서 살기가 뚝뚝 흘렀다.

루는 스스로 이렇게 생각했다.

피 속에서 태어났다.

맞는 말이긴 했다.

유라가 루를 처음 발견한 곳이 피 웅덩이 속이었으니까. 루는 그 피 웅덩이 속에서 장난치고 있었다.

아주 해맑고, 천진난만하게.

그러다 보니 피만 보면 흡사 사람이 변하듯이 했다. 그걸 나이가 먹으면 먹을수록 정신수양과 함께 사부, 유라가 노력해서 겨우 잡아놨다.

그나마 다행인 건 피만 안 본다면 루는 그냥 조금 밝고 맑은 청년이라는 것이다. 나이를 먹을 만큼 먹은 더스틴은 처음 루를 봤을 때부터 그걸 알아봤다.

그래서 좀 전에 그렇게 말한 것이다.

죽이지 말라고.

루도 더스틴을 할아버지라 생각하니 바로 알았다고 대답했다. 하지만 마음속으로는 다른 생각도 하고 있었다.

악질이라면 그냥 죽인다고.

마을에 해를 끼치는 암적인 존재를 그냥 둘 루가 아니었다. 이곳은 루에게도, 루를 포함한 사 남매에게도 소중한 곳이었다.

그런 피치에 마을에 해를 끼치는 존재라면 루는 죽어 마땅하다고 생각했다.

그런 기색을 읽은 것인지 루를 보며 조금 불편한 얼굴을 지어 보인 더스틴. 하지만 끝내 아무 말도 하지 않았다.

어차피 말을 해도, 그들이 정도를 많이 벗어났다면 루의 결심을 바꾸기 힘들다는 것을 더스틴도 잘 알고 있기 때문이다.

식사가 끝나고 루가 방으로 돌아가자 미오가 따라 들어왔다.

“산에 가실 거죠?”

“응, 가봐야지.”

침대에 앉아 무기를 점검하는 루.

“저도 갈게요.”

미오가 조용히 말했다.

“그래, 같이 가자. 식후 운동으로 좋겠네.”

루는 선선히 고개를 끄덕였다.

혼자보단 아무래도 둘이 낫다.

그리고 실전 경험이 필요한 미오라서 루는 미오의 동행을 더더욱 말리지 않았다.

“준비하고 올게요.”

“응, 30분 후에 방 앞에서.”

“네.”

미오가 문을 열고 나가자 루는 무기 점검을 끝내고, 조용히 눈을 감았다.

*　　*　　*

30분 후 방문 앞에서 미오를 만난 루는 바로 마을 밖으로 나갔다. 목적지는 뒷산, 길을 찾을 필요도 없었다.

마을에서도 산은 훤히 잘 보이기 때문이다.

닦여 있는 길을 따라 길을 걸어 산 입구에 도착하니 한

30분 정도가 흘렀다. 입구에서 약 10분 정도를 휴식한 루와 미오.

"아직도 발자국이 좀 있어. 이 발자국을 따라가면 금방 찾겠는데?"

"네."

루의 말에 역시나 가볍게 고개만 끄덕여 대답하는 미오.

"그럼 가보자고."

루가 앞장서서 걷자 미오가 그 뒤를 따라 걸었다. 그러면서 주변을 살피는 것도 잊지 않았다. 혹시 모를 습격에 대비하고 있는 것이다.

아직 정체를 모르는 집단이니 대비해서 나쁠 건 없었다.

루도 그냥 앞서 걷는 것 같지만 시선만 좌우로 돌리며 계속 전방의 길을 주시하고 있었다. 그리고 걸을 때 움직이는 손도 검의 그립에서 멀리 떨어뜨려 놓지 않았다.

혹시 모를 상황에 바로 대처하기 위해서다.

그렇게 산을 타기 시작한 지 30분.

"흔적이 끊겼어. 그렇다면 여기서 숲으로 들어갔다는 소린데……."

흔적이 끊겼다.

지금까지는 길바닥에 나 있는 발자국을 따라왔다. 하지만 그 발자국이 산에 오르기 30분 정도가 흐르자 사라졌다.

"흩어져서 찾을까요?"

미오가 물어왔다.

"음……."

루는 곰곰이 생각했다. 확실히 흩어져서 찾으면 좋긴 하다. 시간이 덜 들기 때문이다. 하지만 루는 곧 고개를 저으면서 말했다.

"아니, 같이 찾자."

"네……."

걱정이 됐기 때문이다. 미오의 무력도 분명 만만치 않은 경지임은 분명하지만 미오는 막내다.

그리고 최상급으로 오른 지 아직 시간이 별로 안 지났기 때문에 완전히 최상급의 무력을 보여줄 순 없었다.

그래서 안심이 안 됐다.

미오도 그걸 알았는지 좀 고개를 숙이며 대답했다. 어떤 마음을 하고 있는지는 미오만 알 터.

루는 자리에 서서 곰곰이 생각에 잠겼다.

어디로 갈까.

오른쪽? 왼쪽? 일단 방향을 잡고 수색을 해야 했다. 마구잡이로 할 수는 없었다. 하지만 루의 생각은 너무 깊은 생각이었다.

오른쪽으로 가서 잠시 살펴보던 미오가 바로 발견한 것이다.

"오빠, 이쪽이요."

낮지만 확신이 담긴 미오의 목소리에 루가 상념에서 깨어 그쪽으로 다가갔다. 그리고 과연, 흔적이 보였다.

바닥 곳곳에 풀이 밟힌 흔적이 보였다.

"아, 일반 청년들이니 흔적을 숨기는 방법을 알 리가 없지."

루가 손뼉을 짝 소리가 나게 치며 말했다.

확실히 일리가 있는 생각이었다.

천천히 흔적을 더듬어 전진하는 루와 미오. 조용히 전진하길 거의 30분, 루는 숲 속 한 공터에서 목책으로 둘러싸여 있는 곳을 발견했다. 발견 위치도 좋아 위에서 아래로 내려다보는 지형이었다.

"뭐냐, 이건……?"

"음……."

루와 미오의 표정이 요상하게 변했다.

목책 안 공터에는 대충 살펴봐도 50명에 달하는 청년이 나무 봉과 검을 들고 몇몇 특색 있는 복장의 사내들에게 훈련을 받고 있었다.

"훈련인데? 그것도 대충 하는 게 아냐. 저 정도면… 제대로 된 수련이야."

"맞아요. 전체의 움직임이 거의 딱 맞게 돌아가고 있어요."

루의 말에 미오가 맞장구를 치며 대답했다.

확실히, 확실히 그런 모습이었다.

어중이떠중이들을 모아놓고 훈련을 하는 게 아니다. 기합도 짧고 강하게 끊듯 치고 있었다. 하지만 그 소리가 굉장히 미약했다.

뭔가 특수한 방법을 취한 게 분명했다.

"절도 있는 모습이야. 뭐지? 병사 수련이라도 받는 건가?"

"하나하나 움직임에 힘이 있어요. 강제로 하는 게 아니에요. 스스로 열의에 차서 나오는 동작들이에요."

진짜였다.

찌르는 동작, 베는 동작, 막는 동작.

움직임에 힘이 있었고, 절도가 있었다. 아무리 봐도 제대로 배운 모습이다. 거기다가 싫어서 하는 게 아니었다.

만약 강제로 시켜서 하는 거라면 저런 동작이 절대로 나오지 않을 것이다.

게다가 중간 중간 자세가 틀리는 사람이 있으면 몇몇 돌아다니는 자들이 직접 자세를 수정해줬다.

"음……. 이거 곤란하네. 타의도 아니고 자의라……."

루는 자신의 머리를 긁적거리며 곤란한 목소리로 중얼거렸다. 이상한 걸 주입시켰다고 하면 나쁜 의도겠지만, 이건 어째 그것도 아닌 것 같았다.

미오는 가만히 있었다.

판단과 선택은 루의 몫, 자신은 그저 루의 판단과 선택을

믿고 따르면 될 거라고 생각하고 있기 때문이다.

"일단 방문해 본다."

루는 판단을 내렸다.

미오는 고개를 끄덕였다. 확실히 나쁘지 않은 방법이다. 괜히 잠입해서 일을 소란스럽게 만드느니, 차라리 방문으로 해서 자신들의 입장과 정체를 밝히고 이들의 의도를 듣는 게 더욱 낫다고 판단했다.

루는 바로 일어나 목책의 정문으로 향했다.

그러자 목책의 정문을 막고 있던 경비 둘이 검을 뽑았다.

"누구십니까."

정중한 목소리.

목소리는 낮다. 적의는… 조금 있다. 아니, 상당히 많았다. 그건 경계가 심하다는 뜻, 의문이 무럭무럭 든다.

적은 아니지만 적으로 판단될 시 바로 공격하겠다는 의지도 갖추고 있었다. 루는 그 모습에서 이들이 기사 같다고 생각했다.

만약 그냥 병사였다면 '누구냐!' 이렇게 소리쳤을 거다. 하지만 저들의 목소리는 크지도 않았다. 침입자라도 둘이서 해결할 수 있다는 자신감이 보인다.

"루라고 합니다. 이쪽은 동생인 미오."

루가 가볍게 신분을 밝히며 인사를 했다. 하지만 경계심은 사라지지 않았다.

“무슨 용무십니까. 이곳은 외인이 들어올 수 없는 곳입니다. 돌아가십시오.”

외인이라.

루는 그걸 그대로 중얼거렸다.

“외인이라……. 당신들이 외인이겠지. 안에 저와 동생을 아는 사람들이 있을 겁니다. 물어 봐주십시오.”

“……. 기다리십시오.”

기사 신분의 경비 하나가 바로 안으로 들어갔다. 루의 말을 듣고 확인하러 간 것이다. 그리고 몇 분이 지나기도 전해 다시 바로 나왔다.

“확인했습니다, 루와 미오. 전부터 일 년에 두 번씩 마을에 오는 사람들이랍니다. 마을에도 큰 도움을 여러 번 주었다고 하고, 나쁜 사람은 아니랍니다.”

“무슨 용무십니까.”

이제 나이 서른은 되어 보이는 선임기사가 물었다.

“이곳에서 뭘 하고 있는지 조사하러 왔습니다, 더스틴 할아버지의 부탁을 받고.”

상대의 목소리가 딱딱하고, 신분을 밝혔음에도 자신들을 밝히지 않는 그들이었다.

아직도 경계의 눈초리가 심한 기사의 행동에 루의 목소리도 자연 딱딱해졌다.

미오는 벌써 도를 슬쩍 잡고 있었다.

“불가합니다.”

“…….”

꿈틀.

불가하다는 그 말에, 루의 눈썹이 꿈틀거렸다.

하지만 루는 그래도 참았다.

그리고 자신의 목적을 다시 한 번 밝혔다.

“더스틴 할아버지의 부탁이라고 했습니다. 혹시 더스틴 할아버지가 누군지 모르십니까? 피치에 마을에서 가장 존경받는 어른입니다.”

“그 대장장이 어르신이라면 압니다. 하지만 그래도 불가합니다.”

“…….”

루의 그런 말에도 기사의 단호한 대답이 들려왔다.

인내심이 끊어지는 걸 느꼈다.

미오는 벌써 손아귀에 힘을 넣고 있었다.

“루이스, 그만해라.”

“네.”

긴장감이 끓어오르던 찰나, 그걸 뚫고 중년의 사내가 나타났다. 허리춤에 걸린 검 한 자루를 찬 것이 폼이 아니다.

강직한 얼굴과 신체에서 굳건한 기사의 기운이 느껴졌다.

루는 눈을 가늘게 뜨고 그 사내를 살폈다.

“더스틴 대장장이님의 부탁을 받고 왔다고 했나?”

자연스러운 하대.

루는 기분이 또 나빠짐을 느꼈다.

하지만 그래도 폭발하진 않았다.

"네."

"들어오게."

중년의 사내는 그렇게 말하고 등을 돌려 먼저 걸었다. 루는 그 뒤를 따랐다. 그러자 루의 뒤를 미오가, 미오의 뒤 양옆으로 루이스라고 불린 기사와 그보다 어린 기사 하나가 뒤따랐다.

목책 안으로 들어서자 한쪽에서 쉬고 있는 마을 청년들이 보였다.

그중 몇몇은 루와 미오에게 손을 흔들며 인사를 했다. 루도 손을 살짝 들어 마주 인사를 했다.

중년 사내는 조금 조잡하지만 충분히 집의 역할을 하고 있는 오두막으로 둘을 안내했다. 오두막 안으로 들어서자 바로 앞에 의자와 식탁이 보였다.

그리고 의자에는 유약한 인상의 청년이 한 명이 앉아 있었다. 좀 유약해 보이지만 딱 봐도 기사의 느낌을 풍기는 사내였다.

"앉게."

루와 미오를 먼저 안내한 사내가 먼저 앉고, 그 앞으로 루가 앉았다. 미오는 앉지 않았다. 루의 뒤를 잡고 섰다.

혹시 모를 기습에 대비하기 위해서다.

"……."

"……."

유약해 인상의 사내는 루와 미오를 지그시 응시하고 있었다. 루도 그 눈을 담담히 맞받았다. 의도파악과 기 싸움을 하고 있는 것이다.

아직 어린 소년으로 보이는 꼬마가 차를 내왔다.

둘은 찻잔을 가져다 입에 댔다.

하지만 루는 마시지 않았다.

또 그렇게 대치 상황.

"의심이 많은 분이시군요."

"어쩔 수 없지 않겠습니까. 산적소굴 같은 곳에 들어왔는데 주는 걸 넙죽 받아먹을 수는 없겠지요."

사내의 목소리는 차분했다. 유약한 인상처럼 목소리도 가늘었다. 짧지 않은 머리, 귀를 다 덮어 흡사 여성의 단발머리컷처럼 기른 머리다.

머리를 더 길렀다면 여성이라고 착각했을 지도 모를 정도였다. 아니, 솔직히 분간이 안 갈 지경이다.

일단 가슴 쪽의 볼륨은 없는데, 그게 진짜인지 아닌지는 벗겨보기 전에는 확실히 모르기 때문이다.

거기다가 체격도 너무 여려서 여성의 체형으로 보였다. 그럼에도 루가 처음에 사내라고 느낀 건 분위기 탓이었다.

잘생긴 정도를 넘어서 예쁘게 생긴 사내였다.

루도 한 얼굴 하지만 이 사내보단 예쁘게 생기지 못했다. 하지만 각각의 얼굴이 가진 매력은 뚜렷했다.

"훗, 산적 소굴이라니……. 일단 제 소개부터 할게요. 이레인이라고 합니다."

"이레인이라……. 여자 같은 이름이군요."

"하하, 그런 소리 많이 들어요."

어투도 굉장히 여성스러웠다.

꾸며낸 목소리가 아니다.

거기다가 이름, 이레인이란 평화의 여신이라는 뜻을 가지고 있다.

"그쪽의 이름은 어떻게 되나요?"

"루라고 불러주시죠, 뒤엔 동생 미오."

"네, 루님, 미오님. 방문을 환영합니다."

"……"

어법이 상당하다.

교묘하게 루의 말투를 내리누르고 있었다. 아니, 그보단 목소리에 깃든 묘한 매력이 문제라고 생각했다.

루는 눈살을 찌푸렸다.

이런 느낌, 마음에 들지 않는다.

"본론부터 얘기하죠. 이곳에서 뭐하고 있는 겁니까? 마을 청년을 모아다가?"

"훈련을 시키고 있어요."

"훈련? 왜? 무슨 목적으로?"

"음……."

루는 일단 본론부터 꺼내 들었다. 이 눈앞에 남자 같은 여자. 아니, 여자 같은 남자? 이 성별이 불확실한 존재 때문에 기분이 거슬렸기 때문이다.

"대답하기 전에 물을게요. 당신들은 믿을 만한 사람인가요?"

이레인이 되물어왔다.

루는 그 대답을 듣고 웃었다.

"그럼 당신들은 믿을 만한 사람입니까?"

루의 목소리에 살짝 짜증이 섰다.

선문답 하자는 것도 아니고, 자신은 정체를 밝힌 마당인데도 저렇게 나온다. 아직도 떠보고 있다는 뜻이다.

왜 떠보는 것인지 루는 그걸 아직 파악하지 못했지만 한 가지는 확실했다.

불쾌하다는 것.

"그리고 내 정체는 저 밖에 마을 사람들한테 물어보면 금방 나옵니다. 전 십 년도 더 전부터 이 마을을 일 년에 한두 번씩 들렀으니까. 더스틴 할아버지도 그걸 인정해줄 테고. 반대로 당신들은? 얼마 전에 들어왔다면서? 아, 지금부터 방식을 바꾸지. 질문은 내가, 대답은 당신들이. 목적이 뭐지?"

“…….”

루의 기도가 바뀌었다.

애초에 그렇게 착한 루가 아니다. 천성부터가 그렇다. 그걸 루의 사부와 유라가 대부분 다 죽여놓고, 루도 열심히 정신수양을 쌓음으로써 억압하고, 속박해 놓았을 뿐이지, 원래 착한 청년이 아니란 소리다.

솔직히 여기 와서도 만약 마을에 해가 되면 모조리 쓸어버리려고 했었다. 그리고 그건 지금도 변함없다.

피치에 마을은 사 남매에게 소중한 장소이기 때문이다.

오면서 살펴본 바로는 이들을 해치우는 데 자신과 미오, 둘이면 충분하다 생각했다. 눈앞의 중년 기사는 상당한 경지 같지만 미오 혼자서도 상대 가능해 보였다. 사람을 잘 보는 루라서 그건 잘 알 수 있었다.

거기다가 들어오면서 본 마을 청년들. 그 청년들의 얼굴에는 강제적으로 한다는 느낌이 전혀 없었다. 어떤 방식을 취했는지는 모르지만 일단 자의로 나서게 했다는 것. 여기서 중요한 건 자의다.

타의가 아닌 자의.

스스로 나서게 했으니 그 진위를 떠나서 크게 나쁜 짓을 하고 있다고 보기는 어려웠다. 만약 강제적으로 훈련을 시켰다면 그냥 쓸어버렸겠지만 그게 아니라 루가 참고 있는 것이다.

그러나 대화 방식은 마음에 들지 않는다.

그래서 강하게 압박하고 있었다.

"대답해, 목적이 뭐냐. 대답 여하에 따라서 내 판단에 기준해 여기서 모조리 쓸어버릴지, 아닐지를 결정하겠어."

"자신감이 넘치시네요."

루의 말에 이레인이 웃으면서 대답했다.

하지만 그 말을 내뱉은 다음 이레인은 웃지 못했다.

루가 머릿속에 잠자는 악귀를 끄집어낸 것이다.

순식간에 파랗던 눈동자가 붉은빛을 띠었다.

악귀.

루의 악귀가 풀리며 그 사납고, 거칠며, 소름 돋는 살기를 발산했다.

평상시의 평범한 루의 인격이 있다면… 마음먹고 적의를 나타내면 나오는 또 다른 인격이 있다.

그게 피 웅덩이 속에서 해맑게 퐁당퐁당 거리며 장난치던 인격이다.

"장난치지 마라, 죽기 싫으면."

루의 말투가 완전히 변했다.

평음의 말투에서 저음의 말투로.

"이놈!"

챙!

스르룽!

순간 루의 기도가 변하자 잠시 압박당하다, 압박을 풀어낸 기사가 검을 뽑았다. 옆의 이레인을 보호하기 위해서였다.

하지만 그 중년 기사도 멈춰야 했다.

맑은 울림을 토해내며 빠져나온 미오의 대태도가 빛의 속도로 중년 기사의 목젖을 겨눴기 때문이다.

발검의 차이다.

그건 곧 실력의 차이.

중년 기사는 굳고 강건한 기사겠지만, 미오와 루의 실력에는 미치지 못했다. 당연했다. 체르니 왕국은 물론 그 주변 국가에서도 최상급기사란 손에 꼽는다.

체르니에는 루가 아는 이상 채 둘이 안 넘는다.

그런 최상급기사가 이곳에 있을 리가 없었다.

거기다가 중년 기사는 앉아 있었다. 반대로 미오는 서 있었고, 공격의 속도가 애초에 다를 수밖에 없었다.

"움직이지 마십시오."

싸늘하다 못해 시린 미오의 말이 그녀의 붉고 도톰한 입술을 통해 흘러나왔다. 어찌나 시린지, 그 말을 들은 이레인은 물론 중년 기사까지 움찔할 정도였다.

루는 상황이 이런도 가만히 이레인의 눈을 직시했다.

"대답해, 목적이 뭐냐. 이번에 대답 안 하면… 벤다."

진심이었다.

이레인도 그걸 느꼈는지… 입술을 깨물고 떠는 와중에도 겨우 입술을 열었다.

"말 그대로예요. 훈련이에요."

"그러니까 무엇을 위해서?"

"전쟁을… 대비한 훈련이요……."

바들바들 떨며 겨우 대답하는 이레인.

루는 그래도 가차없었다.

"무슨 전쟁이지? 설마 저들을 징집하려고 하나? 체르니 왕국은 징집이 금지되어 있을 텐데. 아니, 자체적인 훈련조차 허락받지 못한 왕국. 그게 체르니 왕국 아니었나?"

루의 말처럼 체르니 왕국은 징집이 금지되어 있었다.

물론, 강제적인 금지다.

체리니와 국경을 맞대고 있는 두 왕국. 체르니 따윈 빠르면 반년, 느려도 일이 년이면 멸망시킬 두 왕국.

바젠틴과 남탈리안 왕국에서 강제로 막고 있었기 때문이다.

만약 강제로 징집한 흔적이 나타나면 그만큼 병력을 동원해 괴멸시켜 버렸다. 그게 몇 차례 이어지다 보니 최약소국 중의 하나인 체르니로서는 감히 징집을 시도할 수도 없었다.

거기다가 일반 병사의 훈련 또한 당연히 금지되어 있다. 훈련이란 말 그대로 단련시키는 것.

병력 증강을 두 왕국에서 바랄 리가 전혀 없었다.

그래서 금지되었다.

"그런 게 아니에요……. 으으."

이제는 입으로도 신음이 나왔다.

그걸 보면서 루는 이제 됐다 싶어 악귀를 되돌려 보냈다. 스스로 조종이 가능한 제2의 인격. 이게 루의 본래 힘이다.

"설명해, 미오도 칼 치워. 이봐, 중년 기사. 한 번만 더 섣부르게 움직이면 그땐 벤다. 얘기가 끝날 때까지 가만히 앉아 있어."

스르릉.

미오는 루의 말이 끝나기도 전에 '칼 치워'란 말만 듣고 벌써 도를 회수해 도집으로 넣고 다시 루의 뒤에 섰다.

중년 기사는 모멸감에 이를 악물었지만 아무런 행동도 하지 못하고 그냥 자리에 앉았다.

"일단 제 소개부터 다시 할게요. 저는 콘라드 후작가의 장녀 이레인 콘라드예요."

"역시 여자였군."

루는 그렇게 말하며 콘라드 후작가라는 곳을 머릿속에서 검색해 봤다. 있었다, 콘라드 후작가.

체르니 왕국이 이렇게 약소국이지만 망하지 않고 유지되는 이유가 세 가지가 있다.

하나는 바로 백인의 비밀결사라고 불리는 자유기사 집단.

모두가 상급기사들로 이루어진 그들이 체르니 왕국을 암중에서 지키고 있었다.

다른 하나가 한 명의 대장장이 초인이다.

초인이 만드는 무기는 그 급이 다르다. 강도와 균형 자체가 아예 차원이 다르다는 소리다. 그래서 누구나 그의 만든 무기를 소지하고 싶어 한다. 그래서 매년 두 왕국에 무기를 납품하는데, 만약 왕국을 침략 시 더 이상 망치를 들지 않고 자진하겠다고 선언했다.

그건 빈말이 아니었고, 진짜 십몇 년 전에 바젠틴에서 그냥 약탈만 했는데도 그는 약을 마시고 자결하려고 했었다.

그의 무기는 무가지보.

높은 경지의 기사가 그의 무기를 얻으면 그 가치는 엄청 올라가기에……. 두 왕국에서는 그의 무기를 얻기 위해서라도 정규군을 이용한 약탈은 하지 못했다.

대신, 마적단이 엄청나게 생겼지만.

세 번째가 바로 체르니 왕국 건국 때부터 함께해온 기사가문과 마탑가문이다.

기사가문(騎士家門) 바이칼.

마탑가문(魔塔家門) 콘라드.

이들이 바젠틴과 남탈리안에서 강제적으로 보낸 두 공작에게 맞서 싸우고 있기 때문에 겨우 체르니가 버티고 있었다.

이레인은 그런 콘라드의 장녀였다.

또한, 아버지인 콘라드 후작을 도와 철이 들 무렵부터 정계에서 구른, 그런 여인이었다. 하지만 아쉽게도 루는 그걸 모르고 있었다. 더불어, 지금 이레인이 하는 말엔 결정적인 이유가 빠져 있다는 것도 알아채지 못했다.

"좋아, 그런 후작가의 장녀님이 이곳에서 군사 훈련이라 니……. 그리고 전쟁 대비라……. 이해가 안 가는데."

물론 그걸로 이해가 가는 건 아니다.

전쟁이라니.

"후우……. 빈말이 아니에요. 지금 현재 대륙 정세가 아주 불안해요. 각 왕국, 공국 연합국 등은 물론 성국까지 병사를 징집하고, 훈련시키고 있어요. 대륙에 피바람에 불지도 모른 다는 소리예요. 그런데 저희는 그런 모든 왕국 중에서도 최 약소국. 거기다가 강제징집 금지령 때문에 병력도 못 키워요. 그래서 저희가 나섰어요. 마을에 자율적으로 전술, 전략을 가 르쳐 전쟁이 일어나면 방어와 후퇴에 대한 전술을 가르치려 고요."

"흠……."

처음 듣는 소리다.

산에만 있었으니 이런 걸 알 리가 없었다. 저번에 유라가 나왔을 때도 이런 소리는 없었다. 그렇다면 요 근래 돌았다는 소리.

그리고 이런 얘기야 대륙 정세에 빠삭한 이나 알지 그렇지 못한 사람은 진히 알지 못하는 얘기 중의 하나다.

"확실한 소문인가? 그럼 이유는? 파악하고 있나?"

"네, 확실해요."

루의 물음에 이레인은 단정적으로 말했다.

"그럼 이유는?"

"세 대제국의 전쟁 때문이에요."

"세 대제국……. 아직도 싸우고 있나?"

"네, 악시온에서 일어난 내전은 지금 아예 불이 붙었어요. 제국이 반으로 쪼개진 상황이죠. 알스테르담도 마찬가지. 영광의 기사와 케르베로스가 황제군을 수도까지 몰아넣었지만 수도 알스테르담 공성전은 쉽게 끝나지 않고 있죠. 거기에 전군 저지자와 점령자의 싸움도 백중세. 금방 끝날 전쟁이 아니에요."

"최악이군."

"네, 세 제국 때문에 다른 국가 간에 전쟁이 일어나지 않았어요. 하지만 그들이 힘을 못 쓰니 이때가 기회다 싶어 군사력을 키우는 왕국이 전부예요. 우리도 가만있다간… 잡아먹힐 거예요. 망국이 될 거라고요."

"……"

세 제국.

마도 제국 알스테르담.

초원 제국 발바롯사.

해상 제국 악시온.

이 세 제국의 군사력은 최강이다. 평상시에도 거의 백만 이상 병력을 유지하는 제국이다. 그에 비해 다른 왕국들은 그에 반도 못 된다.

체르니 왕국 같은 경우 병력을 전부 합쳐봐야 겨우 오만이 나올까 말까다. 그 오만도 국경과 해상을 지키기 바빠서 다른 곳으로 돌릴 엄두도 못 낸다.

굉장한 약소국가다.

하지만 문제는 다른 곳에 있다.

바로 초인의 보유 여부.

세 제국에서 거의 초인의 대부분을 보유하고 있다.

전쟁으로 죽어나간 초인들도 상당하지만 정말 웃기게도 그만큼 많은 영웅들이 더욱 나타났다. 그 대표적인 초인들이 바로,

마도 제국의 케르베로스.

해상 제국의 플로랜시아의 사냥개.

초원 제국의 광전사다.

그리고 이들을 따르는 철벽(鐵壁), 섬광(閃光), 암살자(暗殺者), 극점(極点), 투귀(鬪鬼) 검처녀(劍處女), 귀군사(鬼軍師) 등등.

이 세 초인을 따르는 동료들도 초인에 올랐다. 그 외에도 대륙 곳곳에서 전쟁이 일어나면서 초인이 하나둘씩 생겨나고 있었다.

초인의 무력은 인외의 무력.

전쟁에 대한 의지를 불러일으켰다.

그렇게 대륙 전체에 지금 전란(戰亂)의 기운이 감지되고 있었다. 그게 이 반년 만에 생긴 일이다.

이걸 루를 비롯한 사 남매는 산속에 틀어박혀 있느냐고 몰랐다.

"하지만 그렇게 일찍 일어나진 않을 거예요. 세 제국에서 경거망동 시 전쟁이 끝난 후 응징을 가하겠다고 선언했거든요."

"그건 다행이군."

확실히.

자신들이 혼란한 틈을 타 세를 불리는 행동을 하면 세 제국의 입장에선 좋을 게 없었다. 흡사 큰 제국이 다시 태어나면 결코 좋을 게 없었으니까.

적절한 선전이다.

"전쟁이 오래가면 그마저도 무시되겠죠. 그래서 저희는 길어야 오 년이라고 판단했어요."

"그렇게 오래갈까?"

어느새 루는 이레인의 말에 집중하고 있었다. 아니, 집중할 수밖에 없었다. 이레인의 말투는 그만큼 사람을 잡아끄는 매력이 있었으니까.

"가능해요. 제국들은 커요. 쌓아놓은 군량도 엄청날 거예요. 아껴 쓴다면 아마 최대 십 년도 가능할지 몰라요. 징집할 수 있는 병사도 땅이 크니 상상 이상으로 크겠죠."

“대단하군.”

군량의 비축을 십 년이나 해놓는다? 굉장한 일이다. 물론 그동안에도 전쟁상인들이 불이 나게 뛰어다닐 테니 가능할 것이다.

특히 제국들은 전쟁식량을 따로 만든다.

마도 제국은 연금술로.

초원 제국은 연단으로.

해상 제국은 어육을 말려서 보존한다. 사방 천지가 바다니 충분히 가능하다.

“문제는 우리예요. 그 밖에도 체르니 왕국의 사정은 좋지 않아요.”

“어떻게?”

이미 완전 몰입이다. 미오도 어느새 눈을 빛내며 이레인의 말을 듣고 있었다.

“식민지 계획이 진행되고 있어요.”

“…뭐?”

“식민지 계획이요.”

“미쳤군.”

솔직한 감상이다.

식민지란 자신의 왕국 말고 타 왕국을 자신의 지휘 하에 두는 것을 말한다. 식민지가 되는 나라는… 불쌍하다.

노예의 왕국이라고 생각하면 된다.

슬레이브(Slave).

"이미 시작됐어요. 그 예가 바로 수도 체르니예요."

"체르니가 왜?"

"지금 그곳은… 범죄와 향락의 도시예요. 단 몇 년 만에 그렇게 변했죠. 매춘, 마약, 살인, 납치, 인신매매, 모든 범죄가 가득해요. 바젠틴과 남탈리안의 모든 범죄자들을 일부러 수도로 보내요. 그래서 범죄 집단이 형성됐어요. 그걸 필사적으로 막고 있는 게 백인의 비밀결사들인데……. 그들도 벅차하고 있어요."

"퇴치하면 되지. 그런 힘도 없나?"

"……. 불가능해요. 두 왕국에서 뒷배를 봐주고 있으니까요. 어중간하게 보내면 번번이 실패. 대규모로 보내면 정보가 새서 모두 도주. 그래서 현재 백인 결사가 필사적으로 수도를 원상복구하려고 노력 중이지만… 아직 요원하기만 해요."

"최악이군."

루가 식어버린 차를 들어 입가로 대면서 말했다.

"네, 최악이에요……."

수도가 그런 상황이면, 정상적인 통치 자체가 이미 무너졌다고 봐야 했다. 왕권은 이미 힘을 잃었을 거다.

"왕정은 힘이 없나?"

"나라의 공작이 단둘인데, 그 둘이 바젠틴과 남탈리안에서 보낸 사람들이에요. 웃긴 건 그 나라에서의 지위가 고작 남작에 불과했던 자들이었죠."

이레인이 치가 떨리는 얼굴로 대답했다.

체르니 왕국이 얼마나 망해가고 있는지 단적으로 보여주는 예였다.

정보도 아마 그 두 공작을 통해서 대부분 새고 있을 게 분명했다.

그리고 적지 않은 세력을 갖추었을 테고……. 기회주의자, 왕국에 충심이 없는 기사, 학자들도 모두 그쪽으로 붙고 있을게 분명했다.

루도 지금 이레인의 말만 듣고 떠오르는 것이 있다면 한 가지뿐이다. 망국(亡國) 체르니. 그 말대로 체르니 왕국은 이미 망국이라는 칭호가 아깝지 않은 상태였다.

고민이 됐다.

이걸 어쩌나…….

사부에게 배운 기사도를 따른 다면, 도와야 했다.

나라 안에 고통받는 자들이 수두룩하다. 기사가 될 자로서 이걸 못 본체 지나가는 건 그런 기사도에 위배된다.

하지만… 유언이 있다.

아버지이자 사부가 죽기 전에 내놓은 유언이다. 그리고 사부가 죽은 지접적인 원인이 들이긴 유언이다.

그래서 그 유언은 족쇄였다.

하산하려면 옆 산의 트롤을 잡아야 한다.

하지만 트롤은… 강하다.

특수한 공부를 익혀 같은 급이라도 더 강한 사 남매다. 그런 사 남매도 초인에 올라야 상대가 가능할 거라는 트롤.

아직은 때가 아니라는 소리다.

그리고 다른 문제가 있다.

사 남매의 의사결정, 그 최종 권한은 유라가 가지고 있다.

하지만 유라는 이곳에 없다.

○○히 중얼거렸다.

○ 없는 일이다.

루의 말에 미오도 진심으로 공감했는지 그렇게 대답했다. 딱히 미오에게 물은 것도 아닌데 말이다.

그런 둘의 말에 이레인의 얼굴이 찌푸려졌다. 모든 왕국 사람들이 루와 비슷한 생각을 하고 있었다.

그래서 그녀가 지금 이런 일을 하고 있는 거다. 유사시라는 말을 하긴 했지만 본래 의도는 따로 있었다.

그리고 그건 루가 살기를 뿜어냈는데도 말하지 않았다. 역시 정계에서 구른 여자다웠다. 하지만 그녀는 모를 거다.

좀 전 루가 뿜어냈던 살기가 결코 루가 최대치까지 뿜어내 압박을 가한 게 아니라는 것을.

또한 이레인은 동시에 눈을 반짝였다.

눈앞의 루와 미오.

대단한 실력자들이다.

그녀 나이 이제 19살. 적은 나이지만 태어나서 이렇게 강한 남자는 처음 본다.

이런 남자가 나라를 위해 도와준다면……. 콘라드의 가신 중 가장 강한 축에 속하는 아론 경을 단 일 수에 제압하는 미오까지 자신들을 도와준다면…….

"저기 부탁이……."

조심히 얘기를 꺼내는 이레인.

하지만 즉답이 돌아왔다.

"안 돼."

"……."

루는 바로 이레인의 생각을 알아차렸다. 유라는 분명히 안된다고 끊을 것이다. 그렇다면… 희망을 주는 것보단 차라리 희망을 아예 주지 않는 게 좋다. 그리고 루도 저들을 돕고 싶은 마음은 없었다.

그래서 이레인의 눈에 다급함이라는 감정과 간절함이 같이 보였지만 루는 단칼에 잘랐다.

드륵.

자리에서 일어난 루.

"좋아, 얘기는 잘 들었어. 그리고 그 얘기가 사실이어야 할 거야. 만약 마을에 자치적인 무력을 보유하는 게 아닌, 다른 마음을 품었다면 당장 버려. 이 마을은 내게 소중한 곳. 허튼 짓을 한다면 결코 그냥 두지 않는다, 콘라드가의 장녀.”

그렇게 말하고 바로 등을 돌렸다.

자신을 부르는 이레인의 목소리가 들렸지만 루는 돌아보지 않았다.

밖으로 나오자 다시 훈련을 하고 있는 마을 청년들이 보였다.

그 모습을 잠시 서서 바라보던 루는 곧 걸음을 옮겨 목책을 벗어났다.

마을로 돌아가는 길.

루는 산을 다 내려와서 미오에게 물었다.

“어떻게 생각해?”

“음……. 암담해요.”

“그렇지? 하아.”

루도 동감이었다.

암담한 미래다. 체르니 왕국은. 이건 단시간에 변할 수준이 아니었다. 무력과 지력, 금력, 인력에다가 운까지 따라줘야 아마 단시간 안에 해결이 가능한 수준이다.

전문적인 지식이 없는 루도 그렇게 느꼈다.

수도가 그렇게 되었다면… 수도 말고 다른 도시나 마을의 사정은 안 봐도 뻔했다. 아니, 어쩌면 이제부터 바젠틴과 남탈리안의 마수가 수도를 기점으로 왕국으로 퍼질지 몰랐다.

"하지만 이 마을에 손을 댄다면……."

"……."

절대 가만두지 않을 것이다.

사 남매의 분노는 온전히 그곳으로 쏟아질 것이다.

하지만 루와 이레인과의 만남은 이미 사 남매의 운명을 이미 한 곳으로 인도하기 시작했는지도 모른다.

루가 나가자 이레인은 숨을 돌렸다.

감히 대항할 의지조차 깎아내는 살기. 마음속 공포를 극대화시키는 그 무형의 기운에 이레인은 진이 다 빠졌다.

하지만 소득은 있었다. 거기다 진실을 숨기는 것도 성공했다.

"휴우……. 다행이에요."

"잘 넘기셨습니다."

뭐가 다행이라는 건지 그 이유는 바로 나왔다.

"루라는 남자는 강하지만 세상 경험은 별로인가 봐요. 제 말을 모두 믿는 걸 보니……."

"아직 어리니 당연한 일입니다."

제 말을 모두 믿는 걸 보니?

이 말은 이레인이 했던 말이 전부 사실이 아니라는 소리다. 그리고 사실이 아닌 얘기에 루는 속아 넘어갔다.

"역시 아버지의 말씀이 맞았어요. 사람을 속이려면, 진실을 90% 이상 섞어라. 그리고 그 안에 거짓을 섞어라. 그러면 누구라도 믿게 된다."

"여태껏 왕궁에서 버티고 계시는 후작님의 말씀입니다. 거짓될 리가 없겠지요."

확실해 졌다.

이 여자… 거짓말을 했다.

만약 거짓이 아니라면… 진실을 전부 얘기하지 않았다.

이런 결론이 나온다.

"후우, 그런데 좀 전에 그 살기……. 너무 엄청나서 아직도 숨이 막혀요. 이 마을을 건드리면 가만 안 둔다고 했는데… 피치에 마을을 포기해야 할까요?"

이레인의 말에 중년 기사 아론은 뭐라고 대답할 수 없었다. 이 방법을 떠올린 것도 이레인이고, 직접 나서서 하는 사람도 이레인이다.

자신은 그저 후작의 명에 따라 이레인을 지키는 기사.

이래라저래라 할 권리가 없었다.

하지만 조언 정도는 할 수 있었다.

"나중을 위한다면… 피치에 마을의 포기는 아직 이릅니다. 특히 저 두 남녀의 무력을 생각한다면 더욱더……. 이용 가치가 충분합니다."

"그렇죠? 저도 그렇게 생각해요. 이 마을은 의외의 소득을 거뒀네요. 좀 더 신경 써야겠어요.”

이용?

기사라는 족속의 입에서 타인을 이용한다는 소리까지 나온다.

역시 선하지 않았다.

하긴 루의 살기에 잡아먹혔음에도 속내를 끝까지 감춘 사람이 이들이다. 완벽하게 선하다고 보기는 애초부터 힘들었다.

“나라를 위해서라면……. 죽어간 오빠와 동생들을 위해서라면… 저는 무슨 짓이든 할 준비가 되어 있어요. 그리고 저들은 무지렁이라 아직은 모르지만, 나중에 제 생각대로 됐을 땐 제게 고마워할 거예요.”

“왕국을 위해 충성을 다하는 것. 그거야말로 백성의 가장 첫 번째 덕목이 아니겠습니까.”

슬금슬금 느낌이 온다.

이들은… 마을 사람들을 이용하려 하고 있었다.

말이 좋아 전쟁이 났을 시 대비지, 이건 유사시 동원할 수 있는 병력을 미리 양성해 놓는 장소였다.

이레인의 말은 계속됐다.

“현재 훈련이 진행 중인 마을이 약 60여 곳. 끝난 마을이 20여 곳. 큰 마을, 작은 마을 합치면 전부 합쳐 대략 천 명 정도의 병사는 확보했어요. 겨우 천이지만……. 저들이 만약 전쟁이 터져서 저희가 강제 징집했다 치고, 죽는다면… 두 왕국에 대한 적개심을 끌어올릴 수 있어요. 그럼 나서는 자들이 더욱 많아지겠죠."

"네, 일반 백성이라도 쓰임에 따라서는 큰 도움이 되기도 하니……. 이레인님께서 세운 계획은 추후 큰 힘을 발휘할 것입니다."

역시…….

만약 루가 들었다면 아마 이레인은 이 자리서 목이 떨어졌을 것이다.

사람의 목숨을 대가로, 그 가족에게 복수심을 이끌어 낸다. 그리고 그것을 집결하고, 통합해, 군대를 양성한다.

이게 이레인이 만든 계획의 요체다.

그걸 위한 훈련이고, 그걸 위해 조금씩 왕국에 대한 충성심을 알게 모르게 마을 청년들의 뇌리에 박아 넣고 있었다.

나라를 위한다고 하지만 애초에 왕국민들에게 충성을 요구하는 것 자체가 무리다. 저 거대한 제국들의 경우야 이미 예전부터 몇 가지 정책을 통해 충성심을 키우게 만들어 왔지만 다른 왕국들은 그걸 따라할 생각도 못했다.

지금부터 시작해 봐야 길고 긴 시간이 걸릴 게 분명했기 때문이다.

그래서 이레인은 훈련, 유사시 강제모집 그리고 전투 참여, 이 세 가지를 통해서 생겨날 사망자로 인한 유가족의 분노.

이런 수순을 밟아 인위적인 충성심을 유발할 계획을 세운 것이다.

이 일……. 루에게는 아마 평생 숨겨야 할 일이다.

알려진다면, 그 자리서 죽을 것이다.

"아쉽네요, 그 루라는 남자."

"지금부터 이용할 방법을 좀 생각해 보면… 분명히 나올 겁니다."

이레인이 루를 떠올리며 한 말에 기사 아론은 그렇게 대답했다. 하지만 만약 루의 성정을 제대로 알았다면 그러지 못했을 것이다.

그랬을 시… 루의 검은 다른 곳이 아닌, 두 사람에게 직접적으로 겨눠지게 될 테니까. 그리고 지금 당장 일어나지 않은 일.

왕국을 위해서라면 수단과 방법을 가리지 않는 두 사람이다.

만약 루가 이레인이라는 여자에 대해 조금만 더 자세히 알았더라면 이렇게 쉽게 넘어가지 않았을 것이다.

어쩌면 이 일은 루의 실수다.

하지만 상황이 어떻게 돌아갈지는 좀 더 지켜봐야 할 것 같았다.

*　　　*　　　*

산에서 내려온 루는 바로 더스틴과 면담을 요청했다.

애가사 부인이 차를 내오고 잠시 침묵하다 루의 말로 대화가 시작됐다.

"산에 다녀왔어요."

"그래, 네 옷이 멀쩡한 거 보니 충돌은 없었나 보구나."

"네."

더스틴은 루와 미오가 얼마나 강한지 잘 알았다. 어떤 검술을 연마했는지 잘은 모르지만 루와 미오를 비롯한 사 남매는 더스틴이 이곳 체르니 왕국에서 일생을 살며 보았던 기사나 전사, 용병 중에 가장 강한 축에 속했다.

더스틴도 본 적이 잠깐 있지만 그들에겐 절대로 당할 것 같진 않았다.

이건 감이나 그런 게 아닌 실력을 기준으로 내린 정확한 판단이었다.

"그럼 그들은 위험한 사람들이 아니었나 보구나."

"솔직히 모르겠어요. 타의가 아닌 자의로 훈련을 받고 있었어요. 강제적인 훈련을 요구한 게 아니니……. 어떻게 나서기도 애매했어요."

루는 더스틴의 말에 대답하면서 산에서 들었던 대화 내용을 모조리 말해줬다. 듣는 내내 더스틴의 얼굴은 좀 찌푸려지기만 했을 뿐, 큰 변화는 없었다.

나라가 망해가는 꼴을 전부 말해줬는데도.

주제는 마을에서 이미 왕국으로 넘어가 있었다.

얘기를 다 마친 루는 곰곰이 생각에 잠긴 더스틴을 보며 알 수 있었다.

"알고 계셨군요?"

루의 그런 물음에 더스틴은 고개를 끄덕여 대답했다. 그리고 조용히 뭔가를 생각하더니 이내 입을 열었다.

"나는 대장장이다. 상인을 통해 이런저런 물건을 조달받거나 판매하기도 하지. 그들에게 들었다, 왕국 사정이 말이 아니라는 것을."

"수도 얘기도 들으셨어요?"

"그래, 범죄자의 도시, 범법자의 천국……. 기가 막힐 노릇이지, 기가 막힐 노릇이야. 어느새 악독한 두 왕국이 우리 체르니를 내부 깊숙한 곳에서부터 좀먹고 있었어. 심장부터 갉아먹는 이건 전형적인 식민지화의 단계를 밟고 있는 거야."

식민지.

이레인에게 들었던 그 단어가 또 나왔다.

더스틴이 대장장이라고 머리가 무식하진 않았다. 오히려 세상을 오래 살아왔던 만큼 그만큼의 연륜과 학식을 자연스럽게 가지고 있었다.

"음……."

루는 깊게 신음했다.

도와주고 싶은 마음?

모르겠다.

기사도에 의거하여 어려움에 빠진 이들을 보거나 들었다면 그냥 지나치지 않는 것이 사 남매였으니 확실히 그들의 방식은 아니었다.

하지만 문제는 이게 하루 이틀로 해결될 일이 아니라는 것.

루는 생각했다.

'왕국을 구하려면… 일단 수도부터 구해야 돼. 바젠틴, 남탈리안도 그냥 둬서는 안 되고. 하루 이틀은커녕 몇 년을 보고 뿌리부터 제거해야 돼. 하지만 이 일이 나랑 상관이 있나?'

루의 솔직한 루의 생각이었다.

누누이 말하지만… 여기에는 절대적인 걸림돌이 될 문제가 있었다.

바로 루의 마음.

왕국을 위하는 기사도? 그런 것 따위는 있지도 않다. 애초에 산에서 자랐기에 왕국에 대한 충성심 같은 건 루는 물론 유라조차 없었다.

둘이 이런 정도니 란스나 미오는 말할 필요도 없었다.

그러다 보니 신음하는 백성들이 보이는데도 스스로 움직일 생각이 들지 않았다. 개인주의? 혹은 이기주의? 그렇게 말해도 좋았다.

애초에 여러 번 설명했지만 루는 그렇게 좋은 인간이 아니었다. 거기다가 나서기 좋아하는 타입도 아니었다.

오지랖이라는 것 자체가 아예 없다는 소리다.

그러니 도울 마음이 생기질 않았다.

거기다가 결정권 자체도 없다.

모든 선택에 관한 결정은 유라가, 사 남매 중 첫째인 유라가 결정한다.

이게 끝이 아니다.

유언이라는 족쇄까지 있다.

"고민인가 보구나. 이런, 쯔쯔. 너희의 족쇄에 대해선 나도 네놈들의 사부에게 들어서 알고 있다. 말도 안 되는 짓거리를 해놨지, 그 친구도. 쯔쯔."

혀를 차며 말하는 더스틴의 말에 루는 그냥 어색한 웃음으로 답할 수밖에 없었다.

자신이 생각해도 그렇기 때문이다.

괜히 금지(禁地)가 아닐 터.

쌍둥이 산에서의 하산은 목숨을 걸어야 했다.

충성심도 없는 왕국을 위해 준비도 안 된 상태로 옆 산을 오르고 싶은 마음은 조금도 없었다. 그건 곧 죽음으로 향하는 직동 마차를 타는 것과 마찬가지일 테니까.

"그래, 너희 마음은 어떠냐?"

더스틴의 물음.

루는 그 말에 상념을 멈추고 바로 대답했다.

"저와는… 상관없는 일인 것처럼 느끼고 있어요."

솔직했다.

왕국이 미쳐 돌아가든 어떻게 되든 그게 루와 상관이 있나. 지금까지 루에게 아무런 피해도 입히지 않았는데?

그래서 루는 나서는 걸 주저하는 게 아닌, 필요치 않다고 생각했다. 그리고 그건 정직하게 대답했다.

"미오는?"

이번엔 더스틴이 루가 아닌 미오에게 물었다. 개인의 의사를 물어보는 중이란 소리다. 네가 뭔데? 이렇게 생각할 수 있지만 더스틴이라면 가능한 질문이었다.

그는 사 남매의 사부 빼면 유일하게 사 남매에게 질책도, 칭찬도, 조언도 해줄 수 있는 유일한 사람이었으니까.

"저도 오빠의 생각과 같아요."

미오의 조용한 대답.

그녀가 마음을 연 사람 중 하나가 더스틴이었다. 대답에는 주저함이 없었다. 루와 미오의 의지는 확실하다.

"너희가 그렇다면 움직일 일이 없겠구나."

또 마지막엔 혀를 차는 더스틴이지만 루와 미오는 웃었다.

정확히 둘의 의중을 파악하고 있었다.

"그럼 나는 마저 일보러 나갈 테니 좀 쉬거라."

"네."

더스틴이 나가자 루는 남은 차를 조금씩 마셨다. 그러다 미오에게 물었다.

"너는? 저녁에 수련?"

"생각 중이에요."

아마 그녀도 이런저런 고민이 있는 모양이다.

"간만에 술이나 한잔할까? 알아볼 것도 있고."

"네."

미오의 끄덕임과 나온 대답에 루도 고개를 끄덕였다.

둘은 더스틴의 집에서 저녁을 얻어먹고 조금 쉬다가 자주 가는 펍으로 향했다.

문을 열고 들어가자 왁자지껄 시끄러운 소음이 들렸다.

개중에는 산에서 봤던 청년들도 더러 있었다.

바텐더 앞에 앉아 브랜디 두 잔과 안주를 시킨 루는 다시 천천히 펍 안을 둘러봤다. 그러자 보였다. 이걸 알아보려고 왔는데 단번에 찾았다.

바텐더가 안주와 브랜드 한 병과 잔 두 개를 들고 나오자 루는 조용히 물었다.

"저기 구석 끝. 못 보던 사람들인데……. 누구야?"

"구석 끝? 아아, 저 사람들 여행자라던데?"

"여행사?"

"응, 엊그제 들어와서 잠시 쉬었다 다시 간다는 모양이야. 방도 그렇게 예약했고."

바텐더 앤드류는 젊었다.

그리고 루와도 안면이 있는 사이라 자연스럽게 서로 반말로 정보를 주고받았다. 루는 앤드류의 질문을 듣고 잠시 생각에 잠겼다.

이틀 전이라고 했다.

그렇다면 루가 피치에 마을에 오기 하루 전에 도착했다는 소리다. 인원은 총 넷, 후드로 얼굴을 가리고 있진 않지만 좀 딱딱하게 굳어 있는 게 뭔가가 있어 보였다.

평소라면 그냥 지나쳤겠지만 이번에는 그냥 지나치지 못했다.

오기 전 하메른 상단을 습격한 자들.

그들이 신경 쓰였기 때문이다.

이레인의 말에 따르면 자신들은 마을 밖 산에서 기거한다고 했다. 그럼 그들도 아니다. 더불어 마을까지 함께 이동한 하메른 상단 일행은 더욱 아니었다. 그들의 얼굴은 대충 다 기억한 루다.

모를 리가 없었다.

실제로 그 용병들 중 몇 명이 이 자리에 있었으니까.

앤드류가 다시 주문을 받고 음식을 만들기 시작하자 루가 조용히 미오에게 물었다.

“그들일까?”

“복면인들이요?”

미오도 대화 내용에서 그렇게 유추했나 보다. 그런 미오의 대답에 루는 고개를 끄덕였다. 충분히 가능성이 있는 일이다.

루가 생각하기에 저들은 아마 그 복면인들일 가능성이 높아 보였다. 저들은 일단 검술을 익힌 사람들이었다.

루는 잠깐 보고 나서도 뛰어난 안력으로 손에 잡힌 굳은살과 팔의 근육 등을 파악해냈다. 그리고 분위기까지.

저들이 일신에 검술을 익힌 사람들이라는 게 딱 봐도 티가 났다.

하지만 실력은 루 혼자서도 제압할 수 있을 거라 생각했다. 고수는 고수를 알아본다는 속설 아닌 정설처럼, 저들은 루에게 어떠한 위화감도, 위압감도 주지 못했다.

"나도 그렇게 생각해. 그럼 뭘까? 감시나 정보 조사? 그럼 누가 대상일까? 하메른 상단? 아니면 이레인? 그도 아니라면 우리?"

"복면인들이라는 가정하라면 하메른 상단이 아닐까요? 그들이 최초에 목표를 했던 건 하메른 상단이니까요."

"그렇겠지? 음, 좋아……. 좋아, 잡자."

루는 결단을 내렸다.

루의 장점 중 하나라면 유라만큼이나 신속한 결단. 그리고 그 결단을 실행하는 행동력이다. 이미 저들이 복면인늘이라는 감은 왔다.

잡아 놓고 그럼 물어보면 된다.

　무력 앞에, 고통 앞에, 그리고 공포 앞에 입 다물고 있을 수 있는 사람은 없다고 생각하는 루다.

　만약 아닐 수도 있지만… 그건 일단 잡아보면 안다. 하지만 여러 가지 정황이 이미 저들이 복면인이라는 느낌을 줬다.

　쪼르르.

　루는 브랜디를 따 미오의 잔에 따라줬다. 그리고 자신의 잔에도 한 잔을 따랐다. 그리고 가볍게 짠.

　한 모금 브랜디가 속으로 들어가자 화르르 뜨거운 기운이 뱃속에서 일었다.

　동시에 피치에 마을 브랜디 특유의 과실 맛이 났다.

　"음, 언제나 느끼는 건데 여기 브랜디는 참 좋아. 안 그래, 미오?"

　"맞아요."

　사 남매는 어릴 적에 이미 술을 배웠다. 겨울의 추운 산. 그 곳에서 겨울을 나는 건 어린 사 남매에겐 매우 혹독했다.

　그래서 그럴 때마다 자기 전에 사부는 항상 브랜디를 한 잔씩 사 남매에게 먹였다. 일종의 임시방편이지만 효과는 탁월하다.

　그렇게 술을 배웠기에 루와 미오는 술에 대한 거부감이 전혀 없었다.

　그러나 루와 미오는 한 잔 이상은 마시지 않았다. 좀 있다가 저들이 나가면 루와 미오는 몸을 써야 했다.

전투라는 몸 쓰기를 말이다.

과도한 음주는 그런 전투를 방해한다.

당연히 그걸 잘 아는 둘이다.

더군다나 앤드류가 쓰는 브랜디가 독한 증류주에 속하는 술이라 둘은 더 이상의 음주는 자제했다.

그리고 가볍게 대화를 시작.

누가 보면 오붓한 오누이, 다르게 보면 평범한 연인.

그렇게 보이지만 루와 미오는 느낄 수 있었다.

등 뒤로 느껴지는 시선을.

이곳 마을 사람들은 다들 루와 미오를 안다. 그래서 둘에게 계속 시선을 고정시킬 리가 없었다.

이미 아니까.

하지만 지속적인 시선은 분명히 느껴졌다. 산에서 자라 감각이 예민한 둘은 그걸 확실히 느끼고 있었다.

누군가가 루에게 다가왔다. 하지만 모르는 사람은 아니었다. 아니, 아주 잘 아는 사람이었다.

"어머! 루 오빠!"

"이루릴? 이야, 예뻐졌네? 못 본 사이에 정말 몰라보게 변했는데?"

"호호, 그치? 나도 요즘 내 모습을 보면 깜짝깜짝 놀라곤 한다니까?"

이루릴.

어렸을 적 가족을 여의고 앤드류의 펍에서 서빙을 하는 아가씨였다. 나이는 아직 스물 전. 그녀에게 특징이 있다면 예쁘다는 것이다.

루의 옆에 앉아 있는 미오만큼은 아니지만 그래도 색소 부족으로 인한 천연 백발이 가장 큰 매력인 여자 이루릴이다.

또한 루를 사모하고, 진심으로 좋아하는 여자였다.

"오빠, 언제 왔어?"

"어제?"

"뭐? 근데 나한테도 안 들렀어? 뭐야, 오빠! 내가 오빠 얼마나 기다리는데!"

"알아."

루가 조용히 웃으며 대답했다. 하지만 신경은 뒤편에 가 있었다. 그걸 아는지 모르는지 루의 대답에 이루릴이라고 불린 여자가 눈에 쌍심지를 켰다.

"아는 사람이 안 와? 우씨, 오빠 진짜 안 되겠다……. 역시 덮쳐야겠어."

대담한 아가씨다.

여자이면서 덮친다는 말을 아주 서슴없이 말하고 있었다. 그러자 그 대답에 루는 피식 웃었다.

매번 이랬다.

때론 도발적이었고, 때론 진심으로 다가왔었다.

사실 루의 인기는 많았다.

마을에 위기가 있을 때마다 도움을 주는 사 남매. 그중 루가 가장 많이 도움을 줬다. 해서 알게 모르게 인기가 형성된 것이다.

젊은 층에.

남자 중 란스도 있지만, 란스는 워낙 과묵해 대화하기가 하늘의 별 따기. 반대로 루는 대답도 잘해주고, 나름의 위트도 있었다.

얼굴도 어디 빠진 곳 없이 잘생긴 편이다.

강하고.

말 잘하고.

잘생겼다.

인기가 없을 리가 없었다.

그렇게 루가 인기를 얻기 시작하면서 가장 먼저, 또 가장 적극적으로 다가오는 여자가 바로 이루릴, 옆에 앉아 투정을 부리는 여자였다.

루도 사실 그렇게 이루릴을 생각 안 하는 건 아니었다.

좋아한다. 이런 감정은 아니지만 어느 정도 마음은 열어둔 상태인 것이다.

그러니 이루릴의 저런 행동에도 웃을 수 있었다.

그때 이루릴이 루의 손을 잡았다.

"아, 오빠 손……. 오늘은 일단 손만. 다음엔 몸도 만진다? 알았지?"

“장난해? 할 수 있으면 해보든지?”

루가 살짝 인상을 찡그렸다 피면서 대답했다. 싫어서 인상을 찡그린 건 아니었다. 손바닥 안에 뭔가가 느껴졌기 때문이다.

“흥! 내가 못할 줄 알지? 내가 특별히 저번에 수면제도 준비했단 말씀! 어디 틈만 줘봐라. 당장에 콱 잡아먹어 버릴 테니까!”

“하하하하!”

루는 웃었다.

펍 안이 다 들리도록 떠드는 그녀의 목소리. 대담을 넘어 이건 뭐……. 이루릴의 성격은 정말 화통했다.

루가 웃자 대답은 옆에 앉아 있던 미오에게서 나왔다.

“이루릴, 경망스러워.”

“아, 미오 언니! 언니 미안! 헤헤, 오빠가 너무 반가워서. 헤헤헤.”

귀엽게 혀를 쏙 내밀며 미오에게 인사한 이루릴. 그리고 다시 들려온 목소리.

“이루릴, 언제까지 앉아 있을 참이야? 화포는 나중에 풀고 이건 삼 번 테이블.”

“네, 마스터! 오빠 돌아가기 전에 나 꼭 보고 가야 돼? 알았지?”

“그래, 알았어.”

“그럼 난 일하러 그만!”

이루릴은 그렇게 말하고 앤드류가 건네준 접시를 받아 자리를 떴다. 이루릴이 자리를 뜨자 루는 조용히 자세를 바로잡고 손바닥 안에 쪽지를 폈다.

—오빠, 조심해. 저 뒤에 있는 사람들이 오빠 정체를 캐물었어.

짧게 써서 보낸 메시지.

그건 이제 루의 의심을 의심이란 단계를 지나 확신의 단계로 들어서도록 만들어줬다.

미오도 슬쩍 본 후 다시 안주에 손을 댔다.

그리고 앤드류를 바라보자 고개를 끄덕이는 앤드류.

이루릴이 보여준 쪽지가 사실이라는 뜻이다.

앤드류는 루에게 도움을 많이 받았다.

마을에서 외지인이 들르면 가장 먼저 찾는 곳이 역시 몸을 쉬게 하고, 지친 근육을 풀 수 있는 곳이다.

여관과 펍.

이 두 곳이 가장 사람의 유동이 빠르다.

앤드류의 아버지, 할아버지, 그 윗대부터 내려온 펍. 당연히 탈도 많다. 하지만 약 십 년 전부터 그런 탈은 다 사라졌다.

사 남매를 포함한 사부가 일 년에 두세 번씩 마을에 와서 불한당, 건달들을 전부 퇴치했기 때문이다.

그걸 몇 번 봐온 앤드류는 루를 비롯한 사 남매를 상당한 은인으로 생각하고 있었다.

그래서 저들이 처음에 잿빛 머리 사내에 대해 캐물었을 때 앤드류는 당연히 한 사람을 떠올렸다.

바로 자신과 비슷한 나이 또래인 루였다.

본능적으로 제대로 된 정보는 누락한 채 간단한 정보만 흘렸고, 루가 찾자 그런 사실을 전부 슬쩍 기회를 봐서 루에게 알려준 것이다.

이루릴이라는 여자를 매개로.

루는 눈빛과 고갯짓으로 앤드류에게 고맙다고 인사를 했고, 앤드류는 그걸 받고 아무런 행동도 취하지 않았다.

눈치가 빠른 앤드류였다.

루와 미오는 그 후부턴 조용히 대화를 하며 때를 기다렸다. 그러다 마을에 몇 개 없는 시계가 아홉 시를 좀 넘겼을 때, 그 사내들이 일어나 밖으로 나가는 게 앤드류의 눈에 잡혔고, 조용히 루와 미오에게 눈치를 줬다.

그 사내들이 나가자 미오가 일어섰고 루는 브랜디와 안줏값을 계산했다.

"앤드류, 고마워. 남은 술은 키핑. 내일 와서 마실게."

"알았어, 조심해. 위험한 사람들 같아."

앤드류가 돈을 받으며 그렇게 대답하자 루는 피식 웃었다.

"별걱정은. 걱정 마. 미오도 있으니까."

"미오 안 다치게 해."

"그럴 일 없을 거다."

그렇게 대답하고 일어나자 테이블을 닦던 이루릴이 루를 향해 손을 흔들며 소리쳤다.

"오빠, 잘 가! 가기 전에 나 보고 가는 거 잊지 말고! 아니, 내가 내일 찾아갈 테니까 기다려! 알았지?"

"그래, 알았다. 내일 보자."

"응! 잘 가!"

루는 이루릴에게 그렇게 말해 보이고 곧 펍을 나섰다.

밖으로 나오자 저 멀리 걸어가고 있는 미오가 보였다. 루는 날듯이 달려 미오의 옆으로 가서 섰고, 미오의 근처에 다가서자 어둠 속에서 움직이는 사 인이 보였다.

"죽이진 마."

"네."

복면인으로 추정되는 사인이 골목길로 들어섰을 때.

루와 미오의 신형이 폭발적인 속도로 앞을 향해 쏘아졌다.

Chapter
04
복면인들의 정체

"그 잿빛 머리에 대한 정보가 별로⋯⋯. 누, 누구냐!"

깡!

"큭!"

순속으로 뛰어든 루가 검집 채 내려친 일격을 막은 사내. 하지만 두 번째 루의 공격은 막지 못했다.

쌍수검의 장점이 바로 이거다.

막아도 바로 이격(二擊)이 날아든다, 그것도 전혀 예상치 못한 각도에서.

루가 날린 이격은 정확히 반대에서 날아들어 사내의 관자놀이를 강타했다.

“재, 잿빛 머리!”

“응, 나 잿빛 머리.”

루는 조용히 그 외침에 대답하고 다시 몸을 날렸다. 양손에 든 검이 검집째 사정없이 양방향으로 휘둘러졌다.

깡!

까강!

목표가 된 둘은 급히 허리춤에서 검을 뽑아 루의 검을 막았다. 하지만 루가 노린 건 바로 이것.

루의 뒤에서 가녀리지만 길쭉한 신형 하나가 휙 하고 뛰쳐 나왔다.

미오다.

역시나 칼집에 그대로 넣은 채 그걸 남은 일 인에게 눈에 보이지도 않을 일격(一擊)을 선사했다.

퍽!

“크윽……”

명치끝에 제대로 걸렸다. 물론 미오가 힘을 조절해서 목숨에 지장이 있을 정도는 아니었다. 다만 순간적인 호흡곤란은 피할 수 없을 것이다.

그리고 그 호흡곤란은 바로 실신으로 이어질 것이고.

다음 순간 루의 공격이 다시 이어졌다.

이건 약간의 시간차를 두고 벌어진 공격.

두 사내가 루의 검을 막고 남은 사내 하나가 쓰러지는 데는 약 삼에서 사 초 정도밖에 안 걸렸다.

휙!

회수된 루의 검이 다시 루의 정면에서 왼쪽 사내에게 떨어졌다. 루의 검집은 검은색. 그래서 잘 보이지도 않았다.

다만 팔의 각도로 유추해 사내는 방어를 하려고 했지만.

퍽!

미오가 그대로 칼집을 휘둘러 사내의 관자놀이를 강타했다. 사내가 실 끊어진 인형처럼 쓰러지자 혼자 남은 사내가 급히 몸을 뒤로 뺐다.

단 한 순간.

첫 번째 사내가 쓰러지고 나서 걸린 시간은 약 20초에서 30초 정도.

그 짧은 시간 동안 벌써 셋이 쓰러졌다.

혼자 남은 사내는 상황 파악을 했다.

절대 못 이긴다.

이런 상황 파악을.

급히 몸을 뒤로 빼고 도망치려 했지만 루가 그보다 훨씬 더 빨랐다. 사내가 거리를 벌리고 고개를 뒤로 돌려 도망치려는 찰나 루는 이미 근접거리에 도달해 있었다.

후웅……!

그리고 사정없이 휘둘러진 루의 검집.

그 검집은 정확히 도망가려는 사내의 뒤통수를 가격, 실신

시켰다.

여기까지 걸린 시간이 40초.

완벽한 공조(共助)에 이은 연수합격(淵藪合擊)이다.

"별거 아니네?"

"네."

루가 검을 거두며 그렇게 중얼거리자 루의 뒤에 서 있던 미오 역시 그렇게 대답했다. 확실히 실력 차가 너무 극명했다.

루가 보기엔 이들은 기사급수(騎士級數)로 봐도 하급 정도였다.

특별한 공부를 익혀 지금은 최상급에 도달한 루와 미오를 대적하기에는 너무 약했다. 거기다가 자신들이 미행당한다는 사실조차 파악하지 못했고, 파악하지 못했기에 기습까지 당했다.

이렇게 힘도 못 써보고 일 분 안에 쓰러지는 건 당연한 일이었다.

"미오, 앤드류한테 가서 줄 좀 얻어와."

"네."

미오가 루의 말을 듣고 사라지자 루는 축 늘어진 사내들을 끌어 한쪽 벽에 던졌다. 그리고 약 오 분 정도 기다리자 미오가 밧줄을 가지고 왔다.

딱 봐도 굵고 튼튼한 게, 절대 도구를 사용하지 않고는 끊지 못할 두께였다. 루는 직접 줄을 이용해 사내들의 팔과 다리를 묶었다.

그리고 하나씩 뺨을 쳐 깨웠다.

사내들은 으음 거리며 일어나 상황을 파악했다. 그리고 가장 먼저 한 건, 루와 미오에게 고함을 지르는 일이었다.

"이, 이놈! 우리가 누군지 아느냐!"

"몰라."

루는 가장 먼저 정신을 차린 사내의 외침에 빠르게 짧고, 간결하게 대답했다. 모른다고. 하지만 그 대답은 사실이다.

루는 이들이 복면인이라는 가정만 세워놨지, 누군지는 모른다.

"어서 이걸 풀지 못하겠느냐! 우린 바로……!"

"막스!"

"바로……! 으음… 어쨌든 풀어라!"

뒤이어 깨어난 사내가 이름을 외치자 바로 입을 닫더니 곧 다시 밧줄을 풀라고 강요했다. 하지만 루는 그런 외침에 그냥 피식 웃었다.

그리고 얼굴을 굳혀서, 조용히 말했다.

"뭔가 착각하고 있나 본데……. 너희를 잡고 있는 건 나야. 멍청한 거 아냐? 내가 더 위에 있는데 굳이 풀어줘야 할 이유가 나에게 있나? 아니면 너네 대단한 뒷배라도 있어?"

루의 물음은 나직했지만, 그 안에는 싸늘한 뭔가가 담겨 있었다. 바로 루의 다른 인격, 악귀의 인격이다.

물론 루는 아직 그걸 다 풀지 않았다.

다만 좀 현실을 자각하라는 뜻에서 머릿속의 악귀의 속박을 잠시 풀어낸 것이다. 그리고 역시 악귀의 살기는 강했다.

사내는 바로 흠칫하며 고개를 숙였다.

순간적으로 든 죽음의 공포가 감히 루의 눈을 마주치지 못하게 만든 것이다.

루는 그런 사내를 보고 다른 사내들을 바라보며 다시 말했다.

"잘 들어. 질문은 내가, 대답은 네놈들이. 이해했지? 말 안 해도 좋아. 귀찮으니 그냥 죽이면 끝이야."

"으음……."

사내들이 신음을 흘린다.

루의 말은 거짓말이 아니다.

사 남매의 사부는 당연히 기사였다. 하지만 특별한 공부를 알고 있던 사람답게, 평범하고 고지식한 기사도 아니었다.

만약 고지식한 기사였다면 사 남매를 거두는 일 따위도 안 했을 거다.

기사도 4장: 기사도를 배품에 있어 악인은 용서하지 않는다.

이게 사 남매가 배운 기사도 4장이다.

루의 판단 시, 이들이 악인이라면 죽여도 무방하다는 소리다.

그렇기에 좀 전 루의 말은 모두 사실이었다.

"그리고 네놈들, 내가 누군지 알고 있잖아. 그랬지, 잿빛 머리라고? 그건 날 알고 있다는 뜻이잖아. 안 그래? 근데 난 오면서 딱 한 놈들과 부딪쳤어, 바로 며칠 전 산 정상에서. 네놈들, 그 복면인들이지?"

루의 상황파악은 빨랐다.

아니, 이미 의심하고 있었기에 루의 말엔 확신이 담겨 있었다. 그리고 루의 생각처럼 이들은 신음만 흘릴 뿐 아니라고 대답하지 못했다.

"맞나 보네. 그럼 이 마을에는 왜 들어왔을까?"

루의 조용한 말.

"우린 그냥……."

사내 하나가 조심스럽게 말했지만. 루에게는 먹히지 않는다.

"헛소리하지 말고. 나는 기사 지망생이지만 그렇게 고결한 기사가 되고 싶은 마음은 눈곱만큼도 없거든? 지금부터 제대로 대답 안 하면 팔다리 하나씩 자른다."

루의 눈이 빨갛게 물들었다.

제2인격 악귀와 동화하면서 나오는 현상이다.

이때의 루는 무섭다.

　피를 보는 것을 주저하는 마음 따윈 바로 사라지면서, 말 그대로 일시적으로 악귀가 된다. 인격을 마음대로 다루는 공부를 사부에게 배우고 난 후 이건 루의 최대 무기가 됐다.

　그리고 최대 무기가 된 만큼, 이때의 루는 잔인해지며 더욱 강해졌다.

　그리고 인격끼리의 공화 후 생기는 현상 중 하나가 바로 살기의 폭풍이다. 이것만큼은 루도 제어를 할 수 없었다.

　"으으……."

네 사내가 일제히 신음을 흘렸다.

루의 살기에 감히 대항할 수 없는 것이다.

　"대답해, 이 마을에는 왜 들어왔어."

　"으으……. 하메른 상단을 감시……."

　"그리고? 그게 끝이 아닌 거 알아."

　"당신들에 대한 조사와 감시까지……. 으윽!"

말을 끝낼 때쯤, 루의 살기가 정점을 찍었다.

그건 감히 하급의 무력으로 대항하기 힘든 것.

　"임무는? 하메른 상단을 습격한 이유는 뭐지?"

　"으윽……. 여자 하나를 납치……."

　하얗게 질려 루의 질문에 그대로 대답하는 사내들, 아니, 복면인들. 루의 살기는 어느 정도 정신력이 받쳐주지 않는다면 항거불능이다.

　이 대답을 듣고 루는 생각했다.

역시 복면인들의 목표는 그때 봤던 후드 여자라고.

그리고 하나를 더 생각했다.

'이미 개입했어. 피할 수 없겠는데……'

이미 그들과 엮여 버렸다.

그렇게 생각하며 루는 다시 입을 열었다.

"마지막 질문이다. 소속은?"

"바젠틴… 중앙 기사단……."

"……."

루는 조용히 눈을 빛냈다.

바젠틴 중앙 기사단.

중앙 기사단이라는 이름은 어쩌면 굉장히 깨끗해 보인다. 하지만 루는 알고 있다. 이미 옛날부터 바젠틴의 중앙 기사단은 악명이 높았다.

말만 중앙 기사단이지 실상은 온갖 더러운 일은 그 중심에서 다 도맡아 하는 기사단이다. 아니, 그냥 청부업체라고 봐도 좋았다.

바젠틴의 공식 기사단이 아닌 까닭이다.

이들은 누군가의 사조직이라고 알려져 있다. 다만 이들의 수장이 누군가인지는 누구도 몰랐다. 오죽하면 단원들조차 모른다고 할 정도다.

루는 알아낼 건 다 알아냈다고 생각했다.

"미오, 이것들 어떡할까?"

“……. 모르겠습니다.”

루가 동화(同化)를 풀자 미오는 모르겠다고 대답했다. 그리고 사실 루도 어떡해야 할지 좀 난감했다.

그냥 풀어주자니 마음에 걸렸다.

하지만 그렇다고 그냥 죽이자니 그것도 마음에 걸렸다.

루는 잠시 곰곰이 생각하더니 결단을 내렸다.

후환을 없앤다.

어쩌면 동화는 풀렸지만, 아직 남아 있는 악귀의 영향력이 미쳤는지도 모를 결정을 내렸다.

죽이자.

그렇게 정했다.

루의 손이 검을 잡고,

분광(分光)이 터졌다.

서걱!

섬뜩한 절삭음이 들리고.

푸확!

피가 사방으로 튀었다.

루는 바로 뒤로 물러나 쏟아지는 피를 피했다.

그런 루의 행동에 미오는 아무런 반응도 보이지 않았다. 미오의 마음도 루만큼이나 원래 차가운 편이다.

모르겠다고 대답했지만 미오의 마음도 사실 없애자는 쪽에 가까웠다.

그녀가 배운 기사도도 루가 배운 기사도와 똑같았으니까.

사 남매 중 이런 상황에 살려줄 사람은 아마 란스밖에 없을 것이다. 유라도 굉장히 단호한 성격이니까.

"미오, 가서 앤드류 좀 불러와."

"네."

미오가 다시 앤드류를 부르러 갔다.

잠시 후 미오가 앤드류와 함께 왔다.

"결국 죽였네?"

"응."

"네가 죽였다면……. 이들은 우리 마을에 해가 되는 사람들이란 거겠지?"

"확실히?"

"그럼 빨리 정리하자."

앤드류는 놀라지 않았다.

사 남매의 이런 일을 가장 많이 봐온 사람이 바로 앤드류다. 앤드류의 직업상 이런 더러운 일을 가장 많이 당할 수밖에 없었다.

건달들은 항상 술집이나 펍에 근거지를 마련하는데 외지에서 이런 족속들이 들어오면 항상 앤드류의 펍에 눌러앉았다.

이곳이 외지고, 작은 마을이라 도시처럼 매춘부는 없었지만 술은 있었기 때문이다.

원래 술장사와 건달은 떼려야 뗄 수 없는 사이다.

그럼 그걸 아까도 말했듯이 사 남매가 해결해준다. 악질이 아니라면 어느 정도 선에서 끝나지만, 만약 악질에다가 인간 말종이라면 사 남매는 웬만해선 사정을 두지 않았다.

그런 자들을 살려 돌려보내면 언제고 사 남매가 없을 때 다시 돌아와 패악(悖惡)을 저지를 게 분명하기 때문이다.

그리고 실제로 그런 일도 있었다.

그랬기에 악질에게 사 남매의 가차없는 응징이 가해진다.

어쨌든 그렇게 일이 흘러가면 이런 상황 전체를 가장 가까이서 보는 사람이 언제나 앤드류였다. 사 남매가 사부를 따라 이 마을에 올 때부터 일찍 돌아가신 아버지 대신 펍을 운영하는 앤드류였기 때문에 많이 봐왔다.

그래서 앤드류에겐 이런 건 익숙하다. 또한 그만큼 사 남매를 믿었다. 언제나 마을의 수호자 역할을 해줬으니까.

앤드류는 능숙했다.

바로 믿을 만한 사람 몇 명을 부르더니 몇 가지를 설명, 바로 큰 수레를 가지고 시체를 실었다. 바로 산에 가져가서 처리하기 위함이었다.

이 모습만 보자면 이들이 악인처럼 보이지만 힘이 없는 마을에서 자체적으로 마을을 지키자면 어쩔 수 없는 일이었다.

앤드류가 사라질 때까지 루는 제자리에서 별이 떠 있는 밤하늘을 바라봤다.

"오빠, 끝났어요."

미오가 다가와서 루에게 끝났다고 말하자 루는 하늘을 보던 자세 그대로 미오에게 말했다.

"우리 개입했어. 이제 어떻게든 해결을 봐야 해."

"네, 시작했으면 끝까지 책임을 다해라. 사부님에게 배운 기사도 5장이에요."

"맞아, 그게 기사도 5장이지."

기사도 5장. 시작했으면 끝까지 책임을 져라.

이거다.

루는 미오의 대답을 듣고 그대로 밤하늘을 보며 생각했다.

'앞으로 바빠지겠어……'

*　　*　　*

더스틴의 집으로 돌아온 루는 다시 더스틴과 자리를 마련했다.

역시 애가사 부인.

알아서 척척 차를 내다 준다.

차를 마시는 도중 더스틴이 입을 열었다.

"피 냄새가 나는구나."

“네, 죽였어요.”

“…악인더냐?”

“그건 모르겠지만 마을에는 절대적인 피해를 줄 무리입니다.”

“정체가 뭔데 그런 판단을 내렸느냐?”

더스틴의 어조는 조용했지만 안에는 질책의 기운이 담겨 있었다. 생명을 함부로 죽였다는 뜻에서 담긴 질책이다.

“바젠틴의 중앙 기사단이에요.”

“음……. 하필 그 호로잡놈 새끼들이…….”

호로잡놈.

더스틴의 입에서 그렇게 거친 단어가 나왔다. 확실히 중앙 기사단의 악명은 높았다. 툭하면 인신매매고, 툭하면 살인이고, 툭하면 도적질이다.

말만 중앙 기사단, 실상은 범죄의 중앙에 서 있는 놈들이 바로 그 기사단이다. 아니, 범죄 집단이다.

“살려두면 분명 복수하러 올 겁니다. 그럴 바엔 차라리 죽이는 게 낫습니다.”

“그래서 앞으로 어쩔 작정이냐. 네가 막무가내로 일을 벌였을 리도 없고.”

더스틴의 물음에 루의 눈빛이 살짝 빛났다.

“누나를 부를 겁니다.”

말투가 변했다. 사무적인 말투, 공적인 자리라고 판단한 루다. 말투가 변하자 분위기도 변했다. 더스틴의 손자 같은 분위기에서 순식간에 최상급의 무력을 보유한 기사로 변모한 것이다.

"유라를?"

"네, 미오를 보낼 겁니다. 아시다시피 저흰 사부님의 유언에 얽매여 있어서 바로 하산이 불가능합니다. 다만, 단시간 하산은… 가능할 겁니다. 그러기 위해선 유라 누나가 있어야 합니다."

"으음……. 그래, 유라라면 확실하겠지."

유라.

이름만 들어도 듬직한 여자다.

루는 어차피 이 일을 해결하기 위해선 유라가 반드시 필요하다고 생각했다. 유라가 없더라도 허락이 필요했다.

그래서 오는 길에 유라를 부를 생각을 했다.

"미오."

"네."

"내일 아침 일찍 출발해서 산으로 가. 가서 상황을 설명하고 유라 누나와 란스를 불러와."

"네."

미오는 반박하지 않았다. 미오도 이 상황에선 유라의 존재가 필요하다는 걸 잘 알고 있었기 때문이다.

"너는 어쩔 생각이냐."

더스틴이 루를 보며 물었다. 루는 잠시 그 질문에 곰곰이 생각에 잠겼다. 그리고 이내 생각이 끝났는지 자신의 생각을 밝혔다.

"일단 하메른 상단을 만나볼 생각입니다."

"하메른 상단은 왜?"

"중앙 기사단의 표적이 바로 하메른 상단입니다."

"이해가 가지 않는구나. 하메른 상단은 평범한 상단이다. 옛날부터 꾸준히 세를 유지하고는 있지만 특별하게 뛰어나질 않은데. 왜 그들의 표적이지?"

더스틴은 그 후드 여자에 대한 정체를 모른다. 그렇기에 생긴 당연한 의문이었다. 몇십 년째 체르니 왕국에 뿌리를 내리고 운영되는 상단이긴 하지만 상단의 규모 자체는 그렇게 크지 않았다.

더스틴이 보기엔 그들을 표적 삼아 중앙 기사단 정도가 움직일 만한 이유가 없다고 보고 있었다.

"거기에 일행이 있습니다. 후드를 쓴 여자였는데……. 아마 그 여자가 표적 같습니다."

루는 중앙 기사단의 목표가 후드 여자의 납치라고 단정 짓고 있었다. 그렇게 생각할 수밖에 없었다.

이미 자신이 죽인 중앙 기사단에게 다 들었으니까.

"여자라……. 신분이 있는 여자겠군. 대화는 해봤느냐?"

"아직입니다. 할아버지랑 대화가 끝나면 지금 바로 가볼 생각입니다.”

“그래, 그러는 게 좋겠지. 듣자하니 프라임의 여관에서 묵고 있다 하더구나.”

“네, 감사합니다.”

“그럼 가봐라. 일단 그쪽과 얘기를 하고, 내일 다시 얘기하자꾸나.”

“네.”

남은 차를 마시기 전 떨어진 더스틴의 말에 루와 미오는 자리에서 일어나 가볍게 인사를 하고 밖으로 나왔다.

마당으로 나온 루는 미오에게 다시 말했다.

“미오, 넌 쉬어둬. 내일 말을 구해서 바로 산으로 가고. 나는 여관에 다녀올 테니까.”

“네.”

최대한 빨리 갔다 와야 한다. 체력적으로 힘들지 않게 지금부터라도 피곤을 최대한 줄이라는 루의 배려였다.

방으로 미오가 돌아가자 루는 바로 더스틴의 집을 나섰다.

다시 여관에 가서 하메른 상단주를 만날 생각이었다.

이런 때일수록 빨라야 한다.

생각했으면 움직여라.

사 남매에게 사부가 누누이 말했던 얘기였다.

루는 그 말을 철저히 따랐다.

프라임 여관에 도착한 루는 입구부터 여관을 지키고 있는

용병을 보았다. 루는 거침없이 그쪽으로 걸어가 용병들에게
말을 걸었다.

"저기, 상단주를 좀 만나고 싶은데."

"아, 루 기사님, 잠시만 기다려 주십시오."

이미 서로 알고 있었기에 정체 확인 절차 같은 건 없었다.
일 층을 지키던 용병이 이 층으로 올라갔다.

상단주에게 루의 말을 전하기 위해서였다.

루는 남는 자리에 앉아 조용히 기다렸다. 그리고 탁자를 집
게손가락으로 톡톡 치며 다시 생각에 잠겼다.

앞날에 대한 예상 방향 그리고 그에 따른 대처다.

이미 손을 썼으니 되돌릴 수 없다.

'일단 정체 파악. 그리고 적들에 대한 이들의 대처 방향.
이게 가장 중요해. 최악의 상황엔 이 마을에서 못 나가게 해
야 돼. 하지만 이걸 내 마음대로 할 수는 없으니 얘기를 최대
한 조율을 해야겠지.'

루는 물론 자신의 마음대로 할 생각은 없었다. 일단 손을
댔으니 의견을 나누고자 하는 게 루의 생각이었다. 몇 번 얘
기를 나눠봐서 하메른 상단주에 대한 판단은 이미 끝났는데,
그는 고집적이지 않고, 독선적인 성격은 아닌 듯했다.

그렇다면 대화는 어느 정도 통할 것이다.

"안녕하십니까, 루 기사님."

"안녕하세요."

잠시 기다리자 하메른 상단주가 내려왔다. 서로 가볍게 인사를 하고 자리에 앉았다. 루는 질질 끌지 않았다.

"용건이 있어서 왔습니다."

"하하, 어떤 용건이십니까? 제가 들어드릴 수 있다면 들어드리겠습니다."

루의 말에 하메른 상단주는 푸근한 웃음을 지으며 대답했다. 이미 위험에서 구원받은 적이 있어서 그런지 상당히 호의적인 웃음과 대답이었다.

"후드를 뒤집어쓴 여자, 그 여자의 정체에 대해 알고 싶습니다."

"……."

뚝.

하메른 상단주의 웃음이 그대로 멈췄다. 설마 루가 이런 말을 꺼낼지는 전혀 몰랐기 때문이다.

루는 다시 말했다.

"중요한 일입니다. 이미 이 마을에 그때 기습을 했던 자들이 드나들고 있습니다. 마을의 안전, 또한 상단의 안전을 위해서라면 그 여자의 정체를 알아야 합니다."

"으음……."

마을은 이미 잠정적 위기에 빠진 상태다.

루는 신음을 흘리고 대답하기를 주저하는 하메른 상단주에게 다시 말을 던졌다.

"이 모든 게 하메른 상단이 이곳에 들어왔기 때문입니다. 시작이 애초에 그것. 제가 그때 구하지 않았으면 아마 버티기 힘들었겠죠. 이건 은인으로서 물어볼 수 있는 자격도 될 것 같은데, 아닙니까? 그리고 마을이 위험해지면……. 저는 아마 가만있지 않을 겁니다."

"……. 저를 따라오십시오."

루의 단호한 말에 하메른 상단주는 결정을 내린 듯했다.

자리에서 일어나 이 층으로 올라간 하메른 상단주. 곧 어느 방 앞에 섰다.

똑똑.

"접니다. 들어가도 되겠습니까?"

"네, 들어오세요."

안쪽에서의 대답은 바로 들려왔다.

문이 열리고 안으로 들어서자 루는 후드 여자의 얼굴을 제대로 볼 수 있었다. 일단 간단하게 설명하자면… 예뻤다.

루가 봐온 얼굴 중 가장 예쁘게 생긴 얼굴은 미오였다. 산속에서 산 탓도 있어 많은 사람을 못 만나봤지만 어쨌든 루가 보기엔 미오가 지금까지 봐왔던 여자들 중 가장 예뻤다.

이레인은 그런 미오보다는 못하지만 그래도 예뻤다.

그런데 지금 이 여자도 이레인만큼 예뻤다.

하지만 병약해 보여 보호심을 자극하는 그런 외모였다.

"아……."

"다시 만나는군요. 기사 지망생 루입니다."

루는 그렇다고 흔들리지 않았다. 미오나 유라가 루가 보기
엔 더 예쁘니까.

"아, 네……. 소피아예요."

이름은 소피아.

그럼 정체는?

정체는 하메른 상단주에게서 나왔다.

"다음 대 바이칼이 되실 분입니다."

"……."

루는 그 대답에 침묵했다.

바이칼.

바이칼 후작가.

체르니가 망하지 않은 이유 중 하나이자 체르니를 지금도
지키고 있는 두 공신가(功臣家) 중 하나이며, 바젠틴과 남탈리
안이 악착같이 무너뜨리려고 하는 가문 중 하나가 바로 바이
칼가.

여기서 다음 대 바이칼이란 말은 이 여자가 다음 대 가주가
된다는 소리다. 바이칼가의 전통 중의 하나로, 가문의 주인이
되는 즉시 전의 이름은 버려진다. 그리고 그 자리를 바이칼이
라는 이름으로 채운다.

즉, 지금까지 모든 가주가 바이칼이란 이름만 써왔다는 소
리다.

루는 순간 무언가 기묘한 감각에 사로잡혔다.

'하루 만에 두 후작가의 영애들을 다 만날 수가 있나? 이게 우연? 아니면 필연?'

기묘한 감각은 의문형으로 시작됐다.

하루 만에 왕국의 두 축이 되는 가문의 여자들을 다 만났다. 그것도 둘 다 장녀. 거기다 지금 눈앞에 이 여자는 다음 대 바이칼.

이게 우연일까?

하는 기묘한 의문에 사로잡힌 것이다.

거기다 하나가 더 있다.

루를 비롯한 사 남매가 마을로 내려오면, 평상시에 가장 많이 신경 쓰는 게 바로 정보수집이다. 세상 돌아가는 걸 알려면 정보는 필수다. 그리고 정보는 소문이라는 놈을 기반으로 사 남매에게 들어간다. 산에 매인 몸이니 이렇게 할 수밖에 없는 것이다.

그렇게 몇 년을 소문, 정보로 듣다 보면 당연히 바이칼 후작가와 콘라드 후작가에 대한 정보도 있을 수밖에 없다.

이레인 콘라드.

재녀로 소문난 여자다. 머리가 좋다는 뜻이다. 다만 좀 성격이 차갑고, 결단력과 과감성이 높다고들 했다. 또한 어떤 때는 독한 방법도 서슴지 않는다고 했다.

소피아 바이칼.

이레인과는 반대로 연약한 여자다. 어렸을 적부터 몸이 약하기로 소문났지만, 역시 머리가 좋고, 성품이 좋다는 소리도 듣는 여자였다.

그리고 바이칼이라는 성을 가진 여자답게 험한 유년기를 보낸 여성이기도 했다.

루는 그 소문을 떠올리자 좀 기가 막혔다.

"이레인이란 여자를 낮에 만났는데, 오늘 다른 후작가의 여자를 또 만나는군요."

툭 쏘듯이 내뱉어진 그 말.

반응을 보려 한 말이다.

이레인이라는 말에 반응은 바로 왔다.

"이레인 언니를 만났나요?"

어딘지 좀 다급해 보이는 어투다. 반가움도 같이 깃들어 있고, 걱정도 같이 끼어 있었다. 루는 원했던 반응이었기에 조용히 대답했다.

"네."

"지금 어디에 있죠? 어디로 가면 만날 수 있나요? 가르쳐주세요!"

"……."

루는 원했던 반응이긴 했지만 상당히 격렬한 반응이라 대답하기에 난감해졌다. 그래서 루가 하메른 상단주를 바라보자 상단주가 고개를 끄덕이곤 바로 소피아를 말렸다.

"소피아님, 일단 이분과 얘기를 침착하게 나눠보는 게 먼저입니다."

"아… 네."

그 말에 살짝 나간 이성이 돌아왔는지 금세 얼굴을 붉히며 자리에 앉는 소피아. 하메른 상단주가 그 옆에 앉고, 루도 앞에 앉았다.

"일단 복면인들에 대한 얘기부터 하겠습니다."

"네."

"……. 네."

루의 말에 두 사람은 고개를 끄덕이며 각자 시간차를 두며 대답했고, 그 대답을 들은 루는 침착하게 자신의 아는 바를 설명했다.

"예상하시겠지만 그 복면인들은 이 근처에 매복하고 있습니다. 오늘 펍에 정보 조사를 왔던 네 사람을 발견, 죽였습니다."

"으음……."

"……."

루의 담담한 말에 하메른 상단주는 신음을 냈고, 소피아는 침묵했다. 그런 반응을 봤으면서도 루는 말을 멈추지 않았다.

"정보 조사는 저는 물론 하메른 상단에 관한 것까지입니다. 일단 그래서 여러분들에게 알려드리기 위해 왔습니다. 저는 예비기사, 제 사부님께서는 시작했으면 끝을 보라고 저희에게 가르치셨습니다. 그분께 배운 기사도에 의거, 저는 제가 개입한 이 일을 최대한 도울 생각입니다. 그걸 위해 제 동생이 저의 누나와 동생을 데리러 갔습니다. 이상입니다.”

이건 거의 브리핑이었다.

대신 루는 이 간략 브리핑 안에 자신의 생각을 확실하게 전달했다.

루의 말을 다 들은 하메른 상단주는 조용히 생각에 잠겼다. 루의 말을 듣고, 자신의 행동을 정하기 위해서다.

진중한 얼굴로 생각에 생각을 계속하던 하메른 상단주는 곧 정리가 끝났는지 자신의 입장을 밝혔다.

“일단 묻고 싶은 게 있습니다.”

“네.”

“저희를 도와주는 건 딱 이번 복면인들에 한해섭니까?”

“네, 저는 아직 움직여서는 안 되는 이유가 있습니다. 또한 이것 외에는 제가 나설 이유를 느끼지 못하고 있습니다. 그러니 이번 일만 돕겠습니다. 그리고 그걸 위해 누나가 직접 옵니다. 저희 누나가 저희 행동에 대한 최종결정권을 가지고 있습니다. 누나에게 상황을 설명, 허락을 받고 움직입니다.”

“그럼 그 누나라는 분은 언제 오십니까?”

“늦어도 일주일 안에는 옵니다. 그래서 부탁이 있습니다. 최소한 누나가 올 때까지 전 여러분의 안전을 책임져야 합니다. 마을 밖으로의 행동을 자제해 주시기 바랍니다.”

"음…… 상관없습니다. 이번 상행의 목표는 원래 물건을 가져다 파는 게 아니니까. 대신 누나라는 분이 오시면 저희와 자리를 만들어 주셨으면 합니다."

"알겠습니다."

루는 상단주의 말을 흔쾌히 수긍했다. 어차피 누나도 제대로 들어야 할 부분이다. 유라가 제대로 된 판단을 하기 위해선 말이다.

"그럼 그렇게 하겠습니다."

상단주의 수락에 루는 안심이 됐다.

앞으로 일주일간 상단은 움직이지 않는다. 그럼 루가 지키면 된다.

그럼 이제는 루의 질문 타임이다.

"궁금한 게 있습니다."

"말씀하십시오."

"이분은 왜 이곳에 있습니까?"

"으음……."

또 신음이다. 하지만 대답은 들려왔다.

"그 얘긴 제가 할게요……."

소피아가 직접 말문을 열어 상황을 밝히겠다고 말했다. 하메른 상단주는 잠시 놀라 소피아를 바라봤지만 곧 고개를 끄덕였다.

이미 둘은 루가 믿을 만한 사람이란 걸 마을에 오기 전부터

느끼고 있었다. 행동은 과감하고, 좀 잔인하긴 하지만 나쁜
사람은 아니란 판단이 든 것이다.

"일단… 저는 도망 중이에요."

"누구로부터?"

루의 반사적인 물음에 소피아는 잠시 놀랐지만 다시 침착
하게 입을 열었다. 물론, 그런다고 음색에 강단이 생긴 건 아
니었다.

"왕궁에 있는……. 바르샤 공작이에요. 그는 저를 자신의
왕국으로 강제로 시집 보내려고 하고 있어요. 일종의 인질이
에요. 근데 그걸 아버지가 국경 근처에서 계속 나라를 지키다
보니 정치적으로 막아줄 사람이 부족해요……. 이미 귀족들
의 대부분은 바젠틴과 남탈리안에서 보낸 두 공작에게 거의
포섭된 상태고. 겨우 콘라드 후작님께서 힘써주서서 버텼지
만, 그것도 이젠 힘들게 됐거든요. 상대가 무력을 동원하기
시작해서요……. 그래서 도망쳤어요. 아버지에게 가기 위해
서……."

"……."

인질.

소피아를 인질로 잡는다면 바이칼가 정통의 맥은 끊어진
다. 하지만 이미 힘을 잃은 친체르니 귀족들이 그걸 막는 것
도 이젠 한계란 소리다.

콘라드 후작가는 마탑을 운영하는 가문.

무력이 있는 가문이 아니라는 소리다. 아무리 소리 높여 반대해 봐야 무력을 동원한 협박 앞에서는 꺾이게 마련이다.

그렇다고 당대 바이칼이 올 수도 없었다.

그는 국경 방어의 중심.

바이칼이 빠지면 마적들이 미친 듯이 날뛸 것이다. 양떼인 체르니 백성을 가만히 둘 두 늑대 왕국이 아니라는 소리다.

그래서 결국 몰래 빠져나왔는데……. 그마저도 걸린 것이다.

"제게 독을 먹인 암살자가 그랬어요……. 당장 수도로 돌아가지 않으면… 목숨을 잃을 거라고. 하지만 전 강행했어요. 수도로 돌아가 바젠틴으로 끌려가느니……. 차라리 죽는 게 나아요."

"……."

"일종의 협박이죠. 나 따위는 언제든 죽일 수 있다는……."

루는 아무런 말도 하지 못했다.

이 왕국의 사정은 루가 생각하는 이상으로 심각했다.

도대체 어쩌다가 이 지경이 되었을까? 왜 이리 힘도 못 써 보고 이렇게 맥없게 당했을까? 그건 약 백 년 정도 전에 이뤄진 국경에서의 대회전(大會戰).

그 대회전에서 참패가 시작이었다.

두 왕국의 병력이 약 30만. 체르니가 25만의 병력으로 싸왔고, 결과는 대참패. 그때부터 체르니 왕국은 몰락의 길을 걷기 시작했다. 백만 이상이던 왕국의 인구는 시간이 점점 지나면서 몇십만으로 떨어졌다.

정규군도 마찬가지.

그리고 이제는 겨우 5만도 유지하기 힘들었다.

근데 알고 보면 웃기게도 두 왕국은 웃기게도 체르니를 완벽히 점령할 생각이 없었다. 일 년에 반년이나 비가 오는 나라. 나라에 특별히 특산품도 없었다.

점령할 메리트가 없다는 소리다.

그래서 대회전에서 승리한 두 왕국은 지속적인 약탈을 감행했다. 체르니가 크지 못하도록 천천히, 천천히 왕국을 뿌리부터 갉아먹었다.

서둘지 않고 천천히.

그저 자신의 뒤통수를 절대로 치지 못할 정도로 처참하게 망가뜨렸다.

이게 지금 체르니 왕국의 현실이다.

망국(亡國)이란 표현이 절대로 과장된 게 아니었다.

루는 이걸 듣고 대체 어떤 말을 해줘야 할지 감을 잡지 못했다.

불쌍하다?

맞다, 불쌍하긴 하다.

백성이.

후작가의 후계가 이렇게 당할 정도이면 일반 백성들의 고통은 진짜 이루 말하지 못할 정도로 클 것이었다.

직접 눈으로 안 봐도, 뻔히 보인다.

하지만 자신이 나서야 하는 이유.

기사도에 따라 나서려면 나설 수 있지만… 언제나 말하듯 진짜 문제는 그게 아니었다. 스스로 느껴야 할 이유가 없었다.

백성들이 피를 보고 있지만, 자신에겐 아무런 상관이 없기에.

느끼는 감정과 기사도 자체가 대립하는 상황이지만 어쩔 수 없었다. 루는 오지랖이 넓은 기사도 아니었고, 착한 놈도 아니었다.

그리고 사람답게 키워준 사부의 마지막 유언은… 초인이 되는 것이다.

그 이전엔 산에서 내려가는 걸 반대하셨다.

더불어 말한 게 있긴 했다.

“너희가… 벽을 넘는다면 대륙에 너희를 상대할 자……. 결코 열을 넘지 못할 것이다.”

트롤에게 당한 상처로 인해 죽어갈 때, 꺼지는 등불처럼 희미한 목소리로 말했지만 사 남매는 그걸 들었다. 그리고 초인에 가장 먼저 초인에 들어선 유라의 무력을 보면 결코 그건 거짓말이 아니었다.

어쨌든 초인에 이르러야 하산이 가능하다.

"저기……."

루의 고민이 끝날 때쯤, 소피아가 루를 조심스럽게 불렀다.

"말씀하십시오."

살짝 딱딱한 말투이긴 하지만 위협을 줄 정도는 아닌 말투. 소피아는 루의 대답에 조심스럽게 질문을 했다.

"저기 이레인 언니는… 어디로 가면 만날 수 있나요?"

"산에 있습니다. 하지만 지금은 나가면 위험하다는 걸 아실 겁니다. 죄송하지만 일주일만 참아주십시오."

"아……. 네."

왜 저런 소리를 하는지 소피아는 이해했다. 유라가 오길 기다리고 있는 것이다. 그래서 소피아는 바로 고개를 끄덕이며 알았다고 대답했다.

떼를 쓰는 어린애가 아니라 참 다행이었다.

"그럼 저는 일단 가보겠습니다."

"네, 감사합니다."

"별말씀을."

살짝 선을 긋는 말투로 대답을 한 루는 그만 자리에서 일어났다. 그러자 하메른 상단주도 따라 일어섰고, 소피아도 따라 일어섰다.

고개 숙여 살짝 인사를 한 루는 등을 돌렸다.

그때 뒤에서 소피아의 목소리가 들렸다.

"저, 저기……."

그 말에 루는 걸음을 멈추고 등을 돌려 소피아를 바라봤다.

그러자 보였다.

"도와주셔서 감사합니다……."

"……. 아닙니다."

고개 숙여 인사하는 소피아의 모습이.

그 모습은 루에겐 참 신선했다, 권위적이지 않은 모습이. 낮에 본 이레인은 확실히 스스로 귀족이라는 자각을 하고 있었다. 그렇기에 처음부터 태도도 마음에 들지 않았다. 하지만 이 여자는 아니었다. 전혀 그런 모습이 없었다. 누가 보면 그냥 시골에서 살다 온 병약한 소녀라고 볼 정도였다.

그렇다고 그 생각을 루는 겉으로 내보이진 않았다. 그렇게 마주 고개 숙여 인사한 루는 곧 몸을 돌려 방을 빠져나갔다.

더스틴의 집으로 돌아와 자신의 방으로 들어간 루는 가볍게 몸을 씻고 침대에 누웠다.

"하아……."

복잡한 한숨을 쉰 루.

아마 많은 생각이 루의 머릿속에 스쳐 지나가고 있을 것이다.

Chapter
05
습격(襲擊)

오셨습니까! 소리를 들으며 급조한 듯 보이는 천막으로 들
어서는 사내가 있었다. 훤칠한 키에 거칠게 자란 갈색 머리.

우락부락하진 않지만 다부진 체형.

인상적인 건 얼굴을 가로지르는 십자 흉터였다.

거기에 찢어진 눈매가 전체적인 인상을 매우 사납게 연출
했다.

"상황 보고."

사내가 의자에 앉으며 말하자 부동자세로 서 있던 남자가
급히 대답했다.

"네! 명령을 받고 하메른 상단을 급습, 전투는 순조로웠습

니다. 적 용병들은 확실히 급수가 낮아 용병단장과 몇몇을 빼고는 약했습니다. 전투가 시작된 지 약 30분이 지나고 예상외의 인물이 난입! 단 일격에 단원 둘이 사망! 판단하기를 최상급의 무력을 보유했다고 생각됩니다! 그래서 후퇴를 결정했고! 동(東) 체르니 거점에 협조를 요청했습니다!"

"잘했다. 난입한 적이 최상급이라 생각한 이유는?"

"단원들이 단 한 번의 격돌에 목이 잘렸습니다! 분명 보고 있었고, 피했는데도 당했습니다. 다른 한 명은 특수한 검을 사용했는지 단원의 검을 일격에 부수고 허리를 날렸습니다! 그래서 최상급이라 판단하고 단원들을 뒤로 물렸습니다!"

"음."

거친 갈색 머리의 남자.

이 남자는 중앙 기사단 체르니 동부 지역에서 파견된 남자였다.

이름은 악시웰.

바젠틴의 중앙 기사단에 자유 계약으로 소속된 남자였다. 무력은 상급. 돈이라면 어린애까지 납치해서 죽인다는 악인이다.

그런 그가 동부지역에 있다가 협조 요청을 받고 이쪽으로 온 것이다.

반대로 그런 악시웰의 앞에서 보고하고 있는 남자는 며칠 전 하메른 상단을 습격했던 복면인들의 우두머리였다.

중앙 기사단 10조의 60명을 지휘하는 막스라는 사내였다.

"본부의 명령은 뭐였지?"

"하메른 상단을 습격해 모조리 죽이고, 여자를 납치하라는 내용이었습니다!"

"여자라……. 전형적인 납치군. 좋아, 목표는?"

"현재 피치에 마을 여관에 있다고 합니다!"

악시웰의 말에 대답하는 막스의 말투는 기합이 잔뜩 들어가 있었다. 몇 번 작전을 같이해서 잘 알고 있기 때문이다.

현재는 저렇게 멀쩡하지만, 작전에 들어가서 피를 보면 진짜 미치광이 저리 가라로 난폭해지는 것을.

그리고 어디 출신인지는 모르지만 보고할 땐 이렇게 딱딱하게 해줘야 했다. 안 그러면 목이 댕강 하고 날아가기 때문이다.

흔히 말하는 사이코패스, 전형적인 그런 부류였다.

악시웰은.

"여관이라……. 쉽겠군. 좋아. 며칠 후면 내 수하 이십이 온다. 그때 여관을 친다."

"네!"

악시웰의 말을 막스는 거역하지 않았다.

루와 싸울 때도 눈치 하나로 병력을 물린 막스였다. 여기서 토를 달아봤자 날아오는 건 저 남자 등 뒤에 매여진 토마호크(Tomahawk)다.

토를 달 생각은 절대 없었다.

"나가라."

"네!"

나가라는 말에 막스는 역시 토를 달지 않았다.

＊　　　＊　　　＊

소피아를 만난 뒤 루의 일상은 조금 변했다. 숙소를 여관으로 변경했고, 되도록 여관에서 멀어지지 않으려고 애썼다.

그리고 혹시 움직이더라도 항상 최대한 빨리 볼일을 마쳤다.

암살자의 존재를 의식해서였다.

그렇게 오 일이 지났다.

"안녕하세요."

"네."

아침을 먹고 있는데 누군가가 앞에 앉으며 인사를 건네 왔다. 조금 떨리지만 차분한 목소리, 소피아였다.

그녀는 이른 아침인데도 단정하게 옷차림을 정리하고 아침을 먹으러 내려왔다.

처음에는 잘 안 내려오더니 루가 숙소를 여관으로 바꾸고 이틀째부터 식사 시간엔 밑으로 내려왔다.

"여기, 저도 이분이랑 같은 걸로 주세요."

소피아는 다가온 여관 주인에게 주문을 하고 다시 눈을 돌려 루를 바라봤다.

그녀의 눈에 비친 루.

참 신비한 사람이다.

젊은 나이인데도 상황 판단도 빠르다. 마을에 오자마자 하메른 상단주는 루에 대한 조사부터 했다. 그 결과 루 등이 거의 마을에서 은인으로 대접받고 있다는 사실을 알게 되었다.

일 년에 한두 번 산에서 내려오며 이곳에서 며칠 떨어진 거리에 있는 산에서 산다는 사 남매 중 둘째인 루.

젊지만 일신의 강함은 이미 웬만한 기사는 뺨칠 정도로 강하다고도 했다.

흥미가 생기지만 일단은 신기했다.

소피아는 여자라 강하지 못했다.

위로 오빠가 둘이나 있었지만 사고로 전부 죽었다. 물론 평범한 사고는 아니었다. 첫째 오빠는 전투 중 죽었고, 둘째 오빠는 독살로 죽었다.

너무나 맥없이.

그래서 셋째였던 소피아가 다음 대 바이칼로 결정지어진 것이다.

아마 이것조차 바젠틴 아니면 남탈리안의 짓이겠지만 증거가 없어서 어떠한 항의도 하지 못했다.

그러더니 이제는 소피아 자신을 강제로 바젠틴으로 끌고

가려고 했었다. 아니, 하고 있다. 지금도 그건 현재 진형형인 상황이니까.

그러던 차에 루를 만났다.

암살자에게 암습을 당해 독으로 인한 협박까지 받았다. 그래도 참고 가려 하는 와중에 루의 도움으로 독을 해독했고, 암습에서도 구원을 받았다.

아마 루가 아니었으면 비참하게 바젠틴으로 끌려갔을 것이다.

그리고 짐승보다도 못한 취급을 받으며 인질로 지낼 게 분명했다. 물론 바젠틴이 자신을 원하는 이유는 하나 더 있지만 소피아는 그것까진 몰랐다.

하지만 정확하게 알고 있는 건 있었다.

루가 없었다면… 지금의 자신도 없었을 지도 모른다는 걸.

소피아가 그런 생각을 하는 와중에 미리 준비되어 있던 모양인지 아침 식사가 금방 나왔다.

"맛있게 드십시오."

"네, 루 기사님도요."

"아직 기사가 아니니 기사라는 호칭은 부담스럽습니다."

"그래도 제겐 기사님이세요."

소피아의 조금 고집스러운 대답에 루는 고개를 살짝 젓고는 이내 다시 식사에 집중했다. 이런 루의 대화 방식을 보면 확실히 더스틴을 대할 때와는 달랐다.

아마 친하고, 친하지 않고에 따라 대화 방식을 바꾸는 것
같았다.

더스틴에게는 친근하더니 소피아에게는 경어를 쓰고 있었
다. 아마 적당한 거리를 유지하려고 하는 것 같았다.

물론 이건 루 스스로 잘 알고 있는 사실이었다.

'이번 일만. 더 이상 가까워지는 것도, 관섭도 금지야.'

루는 확고하게 마음먹은 상태였다.

유라가 만약 끝까지 돕겠다고 한다면 이야기가 달라지
만 현재까지는 그랬다. 크게 일을 벌이지 않을 생각인 것이
다.

식사를 다 마친 루는 가만히 앉아서 기다렸다.

일단 소피아가 식사를 하고 있으니 먼저 일어나는 건 예의
에 어긋나기 때문이다. 조용히 식사를 하는 소피아를 보며 루
는 이 여자 참 신기한 여자라고 생각했다.

'볼 때마다 느끼는 거지만 귀족의 권위적인 모습이 하나도
없어. 천성인가? 아니면 가식일까?

바로 이것 때문에 신기하다고 느끼고 있었다.

아무리 힘없는 나라의 귀족이라도 어느 정도의 권위적인
모습은 분명히 있어야 했다. 하다못해 예전에 피치에 마을에
들렀던 체르니 왕국의 남작과 남작 영애도 상당히 권위적이
었다.

자신이 일반 백성과 신분이 다르다고 생각하는 탓이다.

그건 아무리 암울한 왕국의 귀족이라도 잘 변하지 않는 사실이다.

하지만 눈앞에 소피아는 그런 게 없었다.

처음 만났을 때도 그랬다.

허물없이 하메른 상단주의 바로 옆자리에 앉아 불을 쬐고 있었다. 파멜리앙 독 자체가 습한 곳에선 더욱 왕성하게 활동하니 어쩔 수 없다고 쳐도, 만약 그런 권위 의식이 있었다면 분명 어떤 행동이 있었을 테고, 자리에 위화감을 줬을 것이다.

그렇지만 소피아는 그렇지 않았다.

진짜 자연스럽게 그들과 함께하며 불을 쬐고 있었다.

그리고 지금도 그랬다.

자신은 예비기사 지망생 신분이다. 기사 작위는 아직 받지도 않았다. 직설적으로 해석하자면 그냥 평민이라는 소리다.

그런데 그런 자신 앞에서 같이 앉아서, 호위도 없이 아침을 먹고 있었다. 이 모습에서도 그 어떤 위화감이나 가식적인 모습이 없었다.

'천성이군. 아니면 내 이목을 피할 정도의 가식일지도. 그렇다면 그것 나름도 굉장한 일이겠고.'

루는 이 여자의 이런 행동이 천성이라 생각했다.

감각으로 따지자면 당연히 유라가 첫째.

그리고 루가 둘째다.

다음이 미오.

마지막이 란스다.

이런 자신의 감각을 속이는 연기를 하고 있다면 그 자체도 대단하다고 봐야 할 것. 그렇지만 루는 소피아가 자신의 감각을 속이고 가식을 떨고 있다는 가정은 거의 무시하고 있었다.

왜냐.

산에서 거의 대부분을 산만큼 감 하나는 자신있는 루였기 때문이다.

천천히 음식을 남기지도 않고 깔끔하게 먹은 소피아.

'먹을 것에 대한 중요성도 안다는 건가? 아니, 어쩌면 배가 고팠을지도. 아니, 이게 아니지. 너무 알려고 하지 말자.'

루는 자신의 생각을 멈추고 다시 조용히 입을 열었다.

"식사는 입에 맞으십니까?"

"아, 네? 네, 맛있어요……."

입을 닦다 말고 살짝 놀라며 루의 말에 대답하는 소피아. 얼굴이 살짝 붉다. 루는 그 모습을 보고 잠시 한숨을 쉬었다.

이런 행동 하나에.

아주 조금씩 그녀가 귀여워 보였기 때문이다.

"니콜! 여기 차 두 잔 주세요."

"조금만 기다려!"

"네, 네."

여관의 주인은 여자고 아직 젊다. 잘해봐야 서른. 일찍 돌아가신 부모님 때문에 가업을 일찍 이어받은 여자였다.

물론, 매년 봐왔기에 친했다.

그렇게 후식으로 차를 주문하고 루는 다시 소피아를 바라봤다.

조금은 붉지만 침착한 눈으로 소피아는 루를 응시하고 있었다. 하지만 아무런 말도 하지 않고 있었다.

가만있어 봤자 어색해지기만 하고, 루는 일단 대화를 간단히 하기로 마음먹었다. 같이 아침을 먹었으니 이 정도의 의무는 자동으로 생기는 것이다.

"몸은 좀 어떠십니까?"

"괜찮아요……. 다 나은 것 같아요."

"파멜리앙 독은 습한 곳에서 왕성하게 활동합니다. 그러니 되도록 옷과 숙소를 따뜻하게 해달라고 하십시오. 패미앙이 파멜리앙에는 최고로 치는 약초이긴 하나 무조건 나았다고 확신하는 것만큼 어리석은 짓도 없으니까요."

"네, 알겠어요……. 걱정해 주셔서 감사합니다……."

고개를 꾸벅 숙이며 인사하는 소피아.

'천성이군.'

루는 확신했다.

조금 소심하고 숫기가 없다. 그리고 하나 더 알 수 있는 게 있었다.

사람을 잘 믿는다.

'바이칼 가문을 이끌기엔…….'

어렵겠다고 루는 생각했다.

아마 이리저리 엄청 휘둘리고, 마음고생도 엄청 할 것 같았다.

'하지만 그건 내가 걱정할 일이 아니지.'

루는 전에 마음먹은 대로 걱정을 끊었다.

그리고 대화는 다시 단절.

잠시 후 차가 나왔고, 루는 조용히 차를 마시고 먼저 자리에서 일어났다.

소피아와의 단독 만남은 이렇게 끝났다.

*　　　*　　　*

아침을 먹은 루는 잠시 방에서 쉬었다가 마을 이곳저곳을 돌아다녔다. 수상한 사람들이 있는지, 없는지 보기 위함이었다.

그래서 조용조용 사람들의 이목을 피해서만 다녔다.

아직까지는 아무런 낌새가 없었다.

복면인들.

더러운 일만 도맡아 하는 바젠틴의 중앙 기사단은 철수했는지, 아니면 아예 멀찍이 떨어져서 대기를 하고 있는지 아무런 움직임도 없었다.

루는 어떤 소득도 없이 하루를 그냥 보냈다.

저녁까지 먹은 루는 자신의 방에서 조용히 사부님의 전수해준 호흡법을 수련하고 있었다. 들숨과 날숨, 그리고 특별한 글자로 뜻을 생각하며 이루는 호흡법.

이 공부는 루의 머릿속에 있는 또 다른 인격을 제어하는 데 탁월한 효능을 보였다. 그래서 저번에 전투가 있었을 때도 루가 바로 호흡법을 사용한 것이다.

흉성(凶星).

사부는 루의 그런 내면의 또 다른 존재를 흉성이라고 표현했다. 루는 비슷하지만 악귀(惡鬼)라고 지칭했다.

흉성이 도지고, 악귀와 서서히 동화되면 루의 신체적 능력이 조금이지만 올라간다. 이유는 모른다.

하지만 그건 여러 번의 대련에서 시험해 본 결과 확실했다. 그러나 그만큼 위험했다. 앞뒤 물불 안 가리는 광포한 성격으로 변하는 건 물론이고, 누군가를 죽인다는 행동에 대한 일체의 죄의식이 사라진다.

사부가 전해준 호흡법으로 내면의 악귀를 자유자재로 다룰 수는 있지만 오랫동안 동화되어 있다간 어떤 일이 벌어질지 몰랐다. 해서 루는 시간이 날 때마다 이렇게 호흡법으로 심신을 가다듬었다.

그렇게 시간이 흐르고.

ー온다.

꿈틀.

순간 들려온 목소리.

내면의 악귀다.

―온다…….

그가 무언가를 알려오고 있었다. 마치 말을 걸고 있는 것 같은 악귀. 루는 천천히 호흡을 가다듬었다.

'닥쳐.'

"후우… 후우……."

속으로 조용히 뇌까리고 다시 심신을 안정시키기 위해 조용히 숨을 쉬는 루. 한두 번 이런 게 아니라 마음의 동요는 없었다.

루에게는 지극히 당연한 일이란 소리다.

―제물이 온다…….

번쩍.

루는 눈을 떴다.

너무 무시했었다. 내면의 마음은 곧 또 다른 자신, 아닐 수도 있지만 루는 그렇게 생각하고 있었다.

그 말을 끝으로 악귀는 조용해졌다.

루는 바로 일어나 무기를 점검했다.

샴쉬르 두 자루.

"무슨 일이 생긴다."

일종의 경고였다.

루는 순간 그걸 무시했었지만 마지막 말에 정신을 차렸다.
악귀에게 제물이 될 수 있는 건… 바로 사람의 피.

여러 가지 정황을 압축하고, 종합해 보면 답은 하나였다.

"복면인들의 습격. 전력 강화를 했나?"

자신이 있으니 기습하는 거다.

자신이 없다면 기습이라는 걸 할 리가 없다. 그때 봐도 그
복면인들의 대장은 상당한 눈치가 있었다.

자신이 없으니 바로 물러났다.

그런데 다시 습격?

"증원. 젠장……. 하필 이때."

루는 알아차렸다.

적의 증원이 이루어졌다는 걸.

그런데 걱정은 아직 유라가 도착하지 않았다는 것이다.

"불이야……!"

"물! 우물에서 얼른 물을 퍼와!"

"아이고……! 아이고… 내 집!"

순간 열어놓은 창문을 통해 마을 사람들의 고함과 비명이
들렸다.

충천(衝天)하는 화마(火魔).

루의 신형이 바로 방문 밖으로 튕겨 나갔다.

벌컥!

"꺅! 루, 루 기사님?"

“지금 당장 건물 밖으로 나가야 합니다. 필요한 것만 챙기십시오!”

“네!”

루의 외침에 소피아는 대번에 뜻을 파악했다. 그리고 토를 달지 않았다. 이미 그녀도 외침을 들었기 때문이다.

여관에 있는 건 위험하다.

목조 건물이라서 이곳에도 불을 붙이면 답이 없어진다. 자신이야 괜찮지만 소피아나 하메른 상단주를 포함한 상단 일행은 불을 피할 방법이 없기 때문이다.

“불이야!”

“어서 밖으로 피해!”

소리가 아래쪽에서도 들렸다.

그렇다는 건 여관 1층에도 불을 질렀다는 뜻이다.

루는 그 소리를 듣고 다시 소피아를 바라봤다.

“빨리!”

“네!”

이미 소피아는 가방 비슷한 물건을 그냥 등 뒤에 맸다. 간결하게 자기 짐을 준비해 놓고 있었던 탓이다.

소피아의 손을 잡고 급히 밖으로 나오자 이미 매캐한 연기가 일 층에서부터 이 층으로 올라오고 있었다. 계단으로 급히 간 루는 인상을 찌푸렸다.

벌써 붉은 화염이 1층부터 넘실거리고 있었다.

루는 바로 1층으로 내려가는 건 포기했다. 혼자라면 가능하지만 소피아를 데리고는 무리였기 때문이다.

루는 자신의 방으로 돌아와 창문을 통해 밑을 바라봤다.

"뛰어내립니다."

"네? 아, 그, 저기 전……."

"실례하겠습니다."

"네? 그, 꺄악!"

루는 소피아의 대답도 듣지 않고 그녀를 번쩍 들어 안았다. 그리고 창문틀을 밟고 그대로 밖으로 뛰어내렸다.

이 층 높이지만 이 정도는 루에게는 아무런 문제도 없었다. 다만 소피아를 안고 있다는 게 부담이 되긴 했지만 생긴 것과 행동, 성격에 맞게 체중도 별로 나가지 않았다.

쿵!

떨어질 때 최대한 다리를 굽혀 충격을 해소한 루는 소피아를 내려놓고 뒤로 물렀다. 여관을 둘러싼 담벼락에서 일단의 복면인들이 또 보였기 때문이다.

스르릉…….

마음속 악귀가 속삭인… 제물이 보였다.

"지금부터 전투에 들어갑니다. 최대한 제 등 뒤에 붙어 있으십시오."

"네……."

오들오들 떨지만 겨우 입을 열어 대답한 소피아.

루는 천천히 옆으로 움직였다.

전투도 전투지만 일단 용병들과 합류가 우선이었다. 그래야 소피아를 안전히 인계하고 자신은 전투에 집중할 수 있기 때문이다.

"어디 계십니까!"

"소피아님!"

저쪽에서 소피아를 찾는 소리가 요란하게 들렸다. 아마 다른 한 명이 이층에서 이미 소피아를 찾아보고, 그녀가 없다는 걸 알고 밖으로 피신했다 생각해 외치는 것일 것이다.

"이쪽!"

루가 크게 소리쳤다.

위치를 알리기 위함이었다.

"반대쪽이다!"

"빨리……! 컥!"

"적이다!"

하지만 상황은 쉽지 않았다. 이미 저쪽에도 대기를 했음인지 적들의 기습이 있었다. 루의 앞에 적은 약 일곱.

아마 이게 전부일 리는 없겠지만 이 정도면 루는 상대가 가능하겠다고 생각했다. 만약 혼자였다면 가볍게 해치웠겠지만 안타깝게도 지금은 등 뒤에 소피아가 있다.

오들오들 떨면서 루의 옷을 살짝 쥐고 있는 소피아.

'후우……. 약속한 이상 지킨다.'

아버지이자 사부였던 그분이 그랬다.

약속은 반드시 지키라고.

특히 남자로 태어난 이상은.

루는 이미 사부에게 배운 기사도에 의거하여 소피아를 지키고, 도와주겠다고 했었다. 물론 이번 한정이지만.

하지만 지금 기습은 이번이라는 범주에 들어간다.

루의 손에 힘이 살짝 들어갔다.

"후우……. 와라."

루의 손에 들린 검이 까닥거렸다.

*　　　*　　　*

루가 손을 까닥거리기 무섭게 일곱 중 둘이 달려들었다.

머리와 가슴을 노리며 날아드는 검.

깡!

까강!

루의 손에 들린 샴쉬르가 진로를 방해했고, 곧 부딪치며 날카로운 쇳소리를 일으켰다. 복면인들, 중앙 기사단의 공격이 막힌 것이다.

그리고 물러나는 그들, 하지만 루의 손이 더 빨랐다.

쉬익!

쉭!

"컥……!"

"큭!"

짧은 단말마.

물러나는 그들에게 루가 빠르게 뛰어들며 양손의 샴쉬르를 교차로 휘두른 것이다. 최초의 휘둘러진 왼손의 검은 정면의 적의 목젖을 정확히 베어버렸다.

다만 늦게 휘둘러진 두 번째 공격은 적의 가슴 어림을 베는 걸로 그쳤다. 그러나 상흔은 깊게 남았다.

피가 팍하고 튈 정도였으니까.

아마 운신(運身)은 불가능하리라.

단 한 번의 공수교환으로 루는 둘을 무기력하게 만들었다. 실력 차가 확실히 크다.

ㅡ피다.

"후우, 후우……."

속삭이는 목소리.

피를 보자 머릿속의 악귀가 다시금 깨어났다. 그리고 서서히 파랗던 루의 눈에 붉은빛이 깃들었다.

악귀와의 동화 과정이다.

루는 그걸 거절하지 않았다.

"후우……."

그리고 마침내 진홍(眞紅)으로 변한 루의 눈.

"흐윽……!"

기세(氣勢)조차 변했다.

루의 전신에부터 퍼져 나온 살기가 마구 날뛰기 시작했다. 그건 초급의 무력을 지닌 중앙 기사단의 쓰레기들도 버티지 못한 살기다.

가장 가까이 있던 소피아가 가슴을 움켜쥐었다.

날카롭고 싸늘한 한기가 그녀의 가슴을 침투한 것이다.

그래서 나온 신음.

루도 그걸 들었다.

"후우, 후우……."

루는 소피아를 위해 살기를 진정시켰다. 루의 살기는 거의 유형(有形)의 살기다. 그냥 오싹하는 정도로 끝나지 않는다는 소리다.

그랬기에 저번에 잡혔던 중앙 기사단이 루의 살기를 온몸으로 받고 자신이 아는 대로 술술 분 것이다.

진짜로 죽는다는 것.

가슴속에 파고들어 심령에 타격을 주는 게 바로 루의 흉성. 악귀다.

그런 흉성, 악귀에 노출되면 소피아가 먼저 쓰러질 것이다. 자유자재지만 한 번 피를 보면 다루기가 쉽지 않은 놈.

하지만 구원해 주는 자는 있었다.

"루, 그만해."

많이 들어본 목소리다.

그리고 더욱이 반가운 목소리기도 했다.

루의 고개가 반사적으로 돌아갔고, 목소리의 주인공을 찾았다.

"누나가 왔으니까 이제 진정해."

싱긋.

유라.

유메리아라.

루의 누나이자 비공식 초인이 그곳에 서 있었다.

한 자루 창을 들고.

루의 머릿속에서 악귀가 '못' 볼 걸 봤다는 듯이 급하게 숨어들었다.

다시 루의 내면으로.

다만, 살해 본능은 그대로 놓고 물러갔다.

Chapter
06
유메리아라

유라는 피치에 마을에 도착한 건 복면을 쓴 중앙 기사단이
마을에 불을 놓는 딱 그 순간이었다.

그리고 그녀는 딘 순간에 상황을 파악했다.

"란스는 할아버지께 가. 가서 할아버지가 하는 말을 따라
나는 미오와 루를 찾을게."

"네, 누님."

유라의 말에 란스는 바로 달려 더스틴의 집으로 달려갔다.
유라는 혹시 모를 일 때문에 란스를 보낸 것이다.

"미오야, 루가 어디 있을까?"

"여관이요."

"그렇지?"

"네."

머리가 나쁘지 않은 사 남매다. 미오는 하메른 상단이 떠나지 않았다면 당연히 여관에 있을 것이고, 루는 소피아를 보호하기 위해 당연히 그곳에 있을 것이다.

그렇게 생각했다.

유라도 그 정도야 바로 파악했지만 굳이 물어본 건 미오가 알고 있나 없나, 있다면 그걸로 됐겠지만 모르다면 상황을 굳이 설명해 알려줄 요량으로 물어본 것이다.

그리고 이렇게 배운 건 나중에 언제라도 떠올릴 수 있는 것.

유라는 이런 급박한 상황인데도 동생의 공부에 대한 보살핌을 늦추지 않았다.

여유가 있기 때문이다.

유라가 아는 루는 결코 약하지 않았다.

기술에 대해서는 루가 사 남매 중 두 번째다. 자신의 뒤를 가장 잘 따라오는 루가 이런 기습에 당할 리 없다고 생각했다.

그리고 불은 그녀가 마을에 들어서던 그때 딱 일어났다. 시간상 따져도 지금 채 몇 분이 안 지난 상황.

이런 짧은 시간 동안 루가 당할 리 없다고 판단한 유라다.

"가자, 미오."

“네.”

유라의 신형이 빠르게 튀어 나갔다. 그리고 그 뒤를 따르는 미오. 달리면서 보니 마을 곳곳에 불이 일어나고 있었다.

하나가 아니라 여러 곳에서 불을 지른 것이다.

왜 그랬는지는 모르지만 그건 적을 잡아놓으면 될 일.

“응?”

달려가던 유라가 갑자기 어딘가를 보며 놀랐다. 일단의 무리들이 여관 쪽으로 달리고 있는 걸 본 것이다.

그 인원은 대략 사십.

유라는 순간적으로 저게 주력이라고 판단했다.

미오에게 듣기에 복면인의 숫자는 대략 오십 정도. 그럼 불을 지르고 합류하지 않은 인원을 빼면 저 정도가 적정선이다.

눈을 빛낸 유라는 속도를 더욱 올렸다.

그녀의 배꼽 근처에 형성된 주먹만 한 구슬이 회전하기 시작하면서 외부의 기운을 끌어다 다리 쪽으로 보내기 시작했다.

이게 그녀는 물론 사 남매가 배운 공부의 특성이다.

대륙의 다른 초인들과는 전혀 다른 방식.

구슬을 형성하고, 그걸 돌려 외부의 기운을 신체로 유입한다. 그럼 신체는 그대로 강화, 인간의 능력을 벗어나게 만들었다.

마치 쏘아진 포탄처럼 빠르게 달려 나가는 유라.

급격하게 미오와의 거리가 벌어졌다.

미오는 초인이 아니라 유라처럼 달릴 수 없는 탓이다.

대신 미오는 유라가 튀어 나가는 걸 보고는 바로 진로를 변경. 복면인들의 후미를 쫓았다. 유라가 전면을 막을 게 분명했기 때문이다.

그런 미오의 생각처럼 튀어 나간 유라가 금방 복면인들의 전면을 점하고, 막았다.

"후우……. 어디 가세요?"

"……. 누구냐."

선두에 선 자.

유일하게 복면을 안 한 악시웰이 한 발 앞으로 나서며 물었다.

"당신들이 노리는 사람과 관계가 있는 사람이랍니다."

싱긋.

"……."

악시웰은 입을 닫았다.

여관으로 달리던 길은 좁지 않았다. 하지만 눈앞에 이 여자는 갑자기 중앙을 막았다. 중앙을 막으려면 오른쪽에서 나오든, 왼쪽에서 나오던 한쪽에선 무조건 나와야 했다.

하지만 말 그대로 갑자기.

갑자기 중앙에 턱하고 나온 것이다.

마치 유령처럼.

악시웰은 바보가 아니었다.

유령이란 게 있다는 걸 믿지도 않았다.

찬찬히 눈앞의 여자를 뜯어보는 악시웰.

170에 달하는 큰 키.

가지런히 정돈된 금발 머리에 전체적으로 날렵한 굴곡을 그리는 신체.

특징적인 건 감은 두 눈.

눈을 감고 입가에 살짝 짓고 있는 미소는 너무나 아름다웠다. 얼굴도 미인이지만 입가에 지은 미소 때문에 상당히 따뜻해 보였다.

"비켜라."

"죄송하지만… 안 되겠어요."

또다시 싱긋.

대신 하나의 행동을 취한다.

등 뒤에서부터 나오는 기형적 무기.

길게 뻗은 걸 보니 창 같았다.

악시웰은 저렇게 생긴 무기는 처음 보았다.

"길을 열어라."

"네!"

악시웰의 명령을 들은 몇 명이 앞으로 튀어 나갔다.

"어머……?"

그런 행동에 유라는 한 손으로 입가를 가리며 조용히 중얼거렸다.

그리고 적과의 교차점이 생겼을 때 유라의 손이 내려갔고, 휘둘러졌다.

스가앙……!

파공음은 한 번.

그녀의 손에 들린 창.

언월대도(偃月大刀).

사부가 유라에게 만들어준 병기였다.

이 세상에서는 존재할 리가 없는 외형의 창은 섬뜩한 빛을 뿌리며 허공을 여러 차례 떠돌았다.

악시웰은 못 봤다.

대체 몇 번을 움직였는지.

하지만 유라에게 달려들던 복면인들은 모조리 쓰러졌다. 그리고 아무런 움직임도 보이지 않았다.

“…….”

악시웰은 순간 멍했다.

저 반달처럼 생긴 창이 몇 번 휘둘러지긴 한 거 같은데, 앞으로 달려들던 인간들이 전부 죽었다.

“제 동생의 몸에 손을 대려 하다니……. 후후.”

유라의 입에서 나직한 한마디가 흘러나왔다. 유라가 루를 비롯한 란스, 미오를 얼마나 끔찍이 생각하는지는 말 안 해도 다 알 정도다.

이 피치에 마을도 마찬가지.

근데 딱 도착한 이때, 마을에 불을 지르고, 루를 헤치러 가고 있는 무리를 만났다.

유라가 가만히 있을 리가 없었다.

천천히 걸어오는 유라.

악시웰은 순간 한 걸음 뒤로 물러나려고 했다.

하지만 그러지 못했다.

무언가가 꽉 붙잡고 있는 것처럼 발이 꼼짝도 하지 않았다. 이를 악물고, 몸을 뒤로 빼려고 했지만 그래도 마찬가지. 움직이지 않았다.

거리는 천천히, 하지만 빠르게 좁혀졌다.

그리고… 번쩍.

악시웰의 몸이 두 동강이 났다.

정확히 정수리부터 사타구니까지.

자신의 주 무기인 토마호크를 등에서 꺼내지도 못하고 그렇게 죽었다. 유라는 모르지만 알 만한 사람들은 다 아는 토마호크의 악시웰이 그렇게 허망하게 죽었다.

아마 죽는 순간에도 자신이 왜 움직이지 못했는지 모를 것이다. 자신이 초인이 품어낸 기세에 완벽히 제압당했다는 걸.

이런 게 가능한 여자가 바로 유라.

"각오는 되셨겠죠?"

싱긋.

유라의 말에 남은 복면인들은 대답하지 못했다.

감은 눈으로 웃는 그 미소가 복면인들에겐 사신의 미소처럼 느껴졌다.

＊　　＊　　＊

스가앙……!

루는 멈추지 않았다. 붉게 물든 눈동자, 이미 완연히 침식당한 모습이다. 하지만 의지는 루의 것.

루의 손에 있던 샴쉬르가 분광을 토해냈다.

순식간에 허공을 가르고, 유라의 목소리를 듣고는 그곳으로 고개를 돌린 멍청한 인간들의 목을 쳐냈다.

"적, 악독한 자들……. 죽여야 할 자들이야."

"……."

"어차피 살려 보내면 또 와. 살아 숨 쉬면서 또 사람들을 괴롭히고, 죽이고, 납치하겠지. 이 자식들은 지금도 살인마지만 미래에도 살인마야. 그런데도 살려줘야 할까?"

휘익!

피가 묻은 샴쉬르를 털어내며 한 조용한 루의 말에 유라는 바로 대답을 못했다.

"……."

침묵.

어떻게 봐도… 옳은 말이다.

루의 말은 확실히 정론이었다. 이런 짓을 벌이는 자들을 살려준다고 개과천선할 것 같진 않았다.

그런 건 몇 번 피치에 마을에 와서 건달들을 상대해 본 유라도 잘 알았다.

그렇다면…….

지금 죽이는 게… 옳다.

루는 그걸 말하고 있었다.

대답을 안 한 유라.

사실 유라도 이 자들을 죽이는 데 별다른 불만은 없었다. 사실 처음에 루를 말린 건, 루의 뒤에 있던 여자가 힘들어 해서 말린 거였다.

즉 살기를 과도하게 뿜어내는 것만 말렸다는 소리다. 그녀 또한 자신의 동생을 해하려고 한 무리에게 줄 동정 따윈 가지고 있지 않았으니까.

그리고 그건 곧 루에게 허락으로 받아들여졌다.

“인간을 좀먹는 벌레, 내 눈엔 네놈들이 그렇게 보인다…….”

저벅.

루가 한 발자국 움직였다.

복면인들도 들었다.

루가 한 말을.

처음엔 그냥 기사 하나 잡고, 여자 하나 납치하는 건 줄 알 았는데……. 알고 보니 그런 게 아니었다.

괴물 하나를 잡은 다음 여자를 납치해 오는 난이도 최악의 미션이었다.

"으으……."

꾸물거리듯이 올라온 루의 살기가 복면인들의 전신을 옭 아맸다. 그건 마치 사슬처럼 단단했고, 기름처럼 매끄러웠으 며, 전설 속 몬스터 슬라임처럼 끈적끈적했다.

"어차피 니들도 사람 죽이면서 살았잖아. 그럼 너희도 죽 을 수 있다는 거. 알고들 있었을 거 아냐……? 그러니… 원망 하지 마라."

번쩍!

언제, 어떻게 휘둘렀지?

뭔가가 번쩍한 것만 봤을 때, 옆에 있던 동료의 목이 떨어 졌다. 새하얀 빛의 궤적만 봤는데, 이미 동료 하나가 죽어 있 었다.

이런 일이 가능한가?

"대, 대장은 왜……."

덜덜 떨며 대장의 존재를 찾는 복면인.

하지만 아쉽다.

그자는 이미 유라에게 죽었는데.

유라는 말없이 서서 자리를 지키고 있었고, 어느새 크리스
탄 용병대장이 병력을 이끌고 주위를 포위했다.

원.

복면인들은 원 안에 갇혔고, 강대한 맹수인 루라는 인간 앞
에 놓였다.

"으으……!"

도망가고 싶은데 틈이 없다.

저벅, 저벅.

거기다가 사신의 발걸음소리가 점차 가까워지고 있었다.

타닷!

순간 사라지는 루의 신형.

어둠 속이라 더욱 사물의 위치를 잡는 게 힘든 것도 있었지
만 루의 움직임이 워낙에 빨랐다. 그리고 그 움직임을 놓친
건 거대한 실수.

생에 마지막 실수가 됐다.

번쩍!

사선으로 내려친 일격.

스각!

결과는 떨어지는 목.

"도망… 못 간다, 이번엔. 내가 너희를 봐줬던 건 저번이
마지막이야."

그래, 저번이 마지막…….

그때 루가 도망가는 걸 허락했을 때, 이들은 멈췄어야 했다.

하지만 이들은 멈추지 않았고, 지독하다 싶을 정도의 응징을 받기 시작했다. 그 응징의 이름은… 죽음.

어둠 속에서 새하얀 궤적이 한번, 두 번씩 피어났고, 그 수는 점차 많아지다가… 어느 순간을 기점으로 뚝 멈췄다.

Chapter
07
수습(收拾)

마을의 밤을 붉게 물들였던 화마는 거의 새벽 내내 타올랐다. 불어온 바람은 불씨를 옆집으로 전파했고, 불이 붙는 집은 점점 늘어갔다.

그렇게 최대 20여 가구가 불에 탔을 때, 그때도 불길은 잡지 못했다. 목조 건물이라 화마는 맹렬한 기세로 나무를 잡아먹었다.

하지만 새벽 늦게부터 내리기 시작한 비는 그렇게 마을에 내린 재앙을 거둬갔다. 평상시엔 귀찮고, 마음마저 우울하게 만드는 비지만 이때만큼은 정말 하늘이 내린 신의 사자 같은 느낌이었다.

그렇게 새벽이 되어서야 가라앉은 화마.

숙소를 잃은 소피아와 하메른 상단은 앤드류의 펍으로 향했다. 그곳에도 미약하지만 숙박 시설이 있기 때문에 그리로 잡은 것이다.

하지만 바로 잠들지는 못했다.

상황 설명이 있기 때문이다.

"죄송해요…… 저 때문에……. 흑!"

많은 사람들 앞에서 소피아는 검댕이가 잔뜩 묻은 얼굴로 자신의 앞에 있는 마을 사람들에게 고개를 크게 숙여 죄송하다는 사죄의 말을 건넸다.

말하지 않아도 알 수 있었다.

마을을 휩쓴 화마는 다른 이유가 있어서가 아니었다.

오직 하메른 상단의 고립을 위해서 벌어진 일이었다. 더불어 화공(火攻)으로 인한 혼란을 유발하기 위해 벌어진 일이다.

목표는 명확하다.

바로 다음 대 바이칼인 소피아.

그녀가 바로 목표다.

결론적으로 말한다면 그녀 때문에 마을이 불탔다고 보면 됐다. 소피아는 그걸 누가 말해주지 않았지만 스스로 잘 알았다.

그래서 밀려오는 죄책감 때문에 눈물이 흐를 수밖에 없

었다.

"이이……!"

침음이 흘렀다.

한밤에 떨어진 날벼락은 20여 가정을 박살 냈다.

그 박살 난 가정의 가장들은 분노에 온몸을 떨었다.

"이 일은 내가 해결 보겠네. 다들 오늘은 쉬고 저녁에 보세나."

더스틴이 분위기가 더 변하기 전에 나섰다. 연륜이란 건 괜한 게 아니었다. 삶의 터전을 잃어버린 마을 사람들은 언제 변할지 모른다.

폭동이 일어나기 전에 그 분위기를 감지한 더스틴이 먼저 나선 것이다.

그리고 이건 더스틴밖에 할 수 없는 일이기도 했다. 지금은 마을의 장(長)의 자리에서 물러났지만 거의 이십 년이 넘도록 마을 사람들의 불만을 사지 않았던 사람이 바로 더스틴이다.

연륜도 있고 인망도 있었다.

더스틴이 그렇게 나서서 말하자 몰려들었던 마을 사람들이 하나둘씩 흩어졌다. 더스틴이 나섰으니 믿고 맡겨도 좋겠다는 생각이 든 것이다.

"우리도 들어가지."

"네."

더스틴이 앤드류의 폅으로 들어가자 그 뒤를 유라가 대답하고 따랐다. 루는 자연스럽게 그 뒤로 따라 들어갔다.

소피아도 루의 뒤에서 고개를 푹 숙이고 들어섰다.

펍 안으로 들어가자 앤드류가 이미 자리를 마련해 놨다. 가벼운 맥주를 내다 놨고, 각종 육포에 조미료를 살짝 뿌려 안줏거리로 내놨다.

눈치가 좋은 앤드류였다.

"앉지."

"네."

길게 늘어진 테이블을 따라 더스틴이 자연스럽게 가장 상석에 앉았다. 그리고 그 옆을 유라가 다른 반대쪽은 루가 앉았다. 그렇게 자리를 잡고 앉자 반대쪽에 앉는 사람들은 가장 상석에 소피아가 앉았다.

그 옆으로 하메른 상단주, 그리고 반대쪽에 용병대장을 포함한 인물들이 앉았다.

정확히 패가 갈렸다.

더스틴 쪽엔 더스틴을 포함한 사 남매.

반대편은 소피아를 중심으로 하메른 상단주와 용병대.

"지금 촌장이 부재중이라 내가 이 일을 대신해서 얘기하겠네. 더스틴이네."

맥주를 한 모금 마시고 탁 소리가 나게 내려놓은 더스틴이 말했다.

그러자 소피아가 하메른 상단주를 잠시 바라보더니 기가

죽은 목소리로 대답했다.

"소피아라고 해요……."

"일단 이 일에 대해서 듣고 싶은데……. 힘들겠는가?"

"……. 죄송해요, 죄송해요……."

더스틴의 말에 소피아는 그저 죄송하다는 말만 연발했다. 그만큼 죄책감이 그녀를 무겁게 누르고 있었다.

이제 스무 살인 그녀가 견디기에는 이런 일은 너무 심했다.

각오는 하고 나왔지만 자신 때문에 남이 피해를 입는 건 역시 힘들었다. 따라서 처음의 다짐은 온데간데없이 사라지고 지금은 그저 죄책감만 남았다.

"후우……. 여린 아가씨군."

"제가 대신 얘기하겠습니다. 저희 아가씨가 많이 놀라서 아직 대화를 할 상황이 아닌 거 같습니다."

"음……. 하메른, 자네군. 그래, 자네 정도면 신용이 가지."

"네, 대장장이님."

둘은 친분이 있었다.

상단을 운영하는 하메른이 더스틴을 모르는 건 있을 수 없는 일이다. 감춰진 명인(名人)인 더스틴이다.

당연히 하메른 상단도 그의 물품을 떼다가 판다.

예전부터 친분이 있는 두 사람이다.

앤드류가 건네준 물수건을 소피아에게 건네준 하메른 상단주는 다시 더스틴을 바라보며 입을 열었다.

"아가씨의 신분은… 다음 대 바이칼이십니다."

"음……. 다음 대 바이칼이라……. 명가의 후손이셨군."

"네, 지금은 사정이 있어 전선에 계신 바이칼 후작님께 가고 있습니다. 그런데 수도에서 나온 후부터 계속 습격을 받았습니다. 다행히 저기 앉아 계신 루 기사님과 미오 기사님 덕분에 위기를 모면했습니다만……. 그렇게 피치에 마을에 도착해 용병을 더 고용해 보내 달라고 상단에 전령을 넣었습니다. 하지만 도착하기 전에 이렇게 습격이 있을 줄은 몰랐습니다."

"후우, 그렇구먼. 그래도 다행이야. 이 애들이 마침 마을에 왔었을 때 이런 일이 일어났으니 말일세."

"네, 정말 도움에 감사드립니다. 더불어 정말 죄송합니다. 곤란한 일에 말려들게 해서……. 이 피해는 저희 하메른 상단이 모두 책임지겠습니다. 당장 연락을 넣어 솜씨 좋은 목공과 의복, 식량 등을 보내게 하겠습니다."

"그래 주면 고맙지. 믿겠네."

"네."

하메른 상단의 지원에 더스틴은 그걸 거절하지 않았다. 작은 시골 마을이다. 이 작은 마을에 물자가 있어봐야 얼마나 있고, 먹을 게 있어봐야 얼마나 있겠는가.

20여 가구가 불탔다는 건 한 가정을 네다섯으로 잡으면 거의 백 명이 넘는 숫자가 한순간에 잘 곳을 잃은 것이다.

지금 당장이야 다른 집에서 끼어 잔다고 해도, 집을 짓는 게 하루아침에 뚝딱 지어지는 게 아니다 보니 시간이 걸릴 테고, 언제까지나 얹혀살 수는 없는 노릇이다.

지원은 분명히 필요했다.

더스틴은 그래서 겸양을 떨며 거절하지 않고, 오히려 자연스럽게 그 수락을 끌어내고 받아들였다.

물론 하메른 상단주가 생각이 있는 사람이기 때문에 쉽게 이루어진 협약이기도 했다.

"그리고 루 기사님의 남매 분들에게도 감사드립니다. 정말 감사합니다."

"별말씀을요."

하메른 상단주가 루를 보며 말했지만, 대답은 유라가 받았다. 그런 유라의 대답에 하메른은 사 남매 중 가장 높은 위치에 있는 사람이 바로 유라란 걸 알아차렸다.

신기한 특징이다.

감은 두 눈.

찰랑거리는 금발.

아름답게 자리 잡은 몸의 굴곡.

어울리지 않게 자리 잡은 창 한 자루.

하지만 전체적으로 어떤 위화감도 없었다.

상인을 하다 보면 자연스레 사람 보는 눈도 느는 법. 거기다가 하메른은 그런 상인들의 장이다 보니 자연스럽게 그런 눈치나 인물을 살펴보는 능력이 발달해 있었다.

'대단한 여인…….'

그게 하메른 상단주가 유라를 보고 내린 평가였다.

자신에게 해가 되고, 득이 되는가를 떠나서… 그냥 막연히 대단하다. 이런 근거 없는 생각이 들었다.

"저는 하메른 상단을 이끌고 있는 하메른이라고 합니다."

상인의 감은 바로 저 여자에게 인사를 하게 만들었다. 인사를 한다는 건 친분을 맺는 행위다.

거의 상인의 본능에서 일어난 일이다.

"유라라고 불러주세요."

유라도 가볍게 인사를 했다.

하메른 상단주는 다시 입을 열려고 했지만 입을 여는 타이밍은 유라가 더 빨랐다.

"루, 상황 설명해 봐."

"응."

유라의 말에 루는 대답을 하곤 조용히 상황을 설명했다. 미오에게 한차례 듣긴 했지만, 다시 한 번 듣는 것도 나쁘지 않았다.

"……."

루의 설명을 다 들은 유라는 아무런 반응도 보이지 않았다. 하지만 루는 지금 유라가 고민 중이라는 걸 알고 있었다.

그렇게 한참을 가만히 있던 유라가 입을 열었다.

“왕국이 거의 망국이라…….”

루는 설명할 때 체르니 왕국이 망국이라고 설명했다. 수도의 상황, 현재 왕국의 상태. 그런 걸 망국이라고 표현했다.

루가 보기엔 그렇게밖에 안 보였기 때문이다.

그렇게 설명할 때 소피아의 안색이 어두워졌고, 하메른의 얼굴이 잔뜩 굳었지만 루는 신경 쓰지 않았다.

물론 유라도 신경 쓰지 않았다.

산에서만 살았기 때문에 왕국에 대한 충심(忠心)이 별로 없는 게 아니라 아예 없기 때문이다. 혹시 주군이라도 됐다면 모를까, 주군도 없었다.

그렇다면 남은 건 바로 사람이다.

핍박받는 왕국의 평민들.

두 나라의 더러운 수에 찌들어 수도는 이미 악의 소굴이 되어 있었고, 왕국 전체로 그게 언제 퍼질지 몰랐다.

완벽한 식민지가 되는 것이다.

하지만 어쩌겠는가.

충성심이 없는데, 더욱이… 주군조차 없는데.

어떻게 하느냐, 유라의 판단에 맡기겠다. 그런 뜻이었다.

유라는 판단을 내렸다.

“안 돼. 하산은 사부님의 유언을 이루고 나서 해.”

“알았어.”

루는 그럴 줄 알고 있었기에 바로 대답했다. 누구보다 사부를 잘 따랐던 게 바로 유라였다. 거지보다도 비참한 생활을 마감시켜주고, 인간답게 살게 해준 게 바로 사부다.

유라는 그런 생활을 끝내준 사부를 마음으로 따랐다.

물론 그렇다고 루나 란스, 미오가 사부를 안 따랐다는 건 아니다. 다만 유라만큼은 아니란 소리다.

그렇기에 루는 유라의 대답을 이미 예상했다.

그리고 자신도 반박할 생각은 없었다.

솔직히 말해 자신도 유라의 생각과 별반 다르지 않았다. 쉽게 말해 남의 사정이란 소리다.

"대신 저분을 목적지까지 모시는 건 내가 할게. 그게 루가 약속한 거지? 그러니 그건 내가 지켜줄게. 그리고 저 아가씨를 안전히 데려다 주고 피치에 마을에 있을 게. 혹시 또 습격이 있을지 모르니까. 그러니 너희는 산으로 돌아가서 수련에 매진해. 그리고 셋 다 수련이 끝나면 미오가 날 데리러 와. 그후에 유언을 지키고 하산하자."

똑 부러진 유라의 말.

루를 비롯한 미오와 란스는 다들 고개를 끄덕였다.

유라가 같이 따라간다면 소피아는 무조건 안전하다. 아마 유라가 보호하는 소피아를 납치하려면 적어도 유라 정도의 강자나 아니면 진짜 천 단위의 병력이 와야 할 것이다, 그것도 강단이 대단한 병사들로.

어정쩡한 쭉정이들이 오면 아마 유라의 신위에 놀라 죄다

뿔뿔이 흩어질 것이다.

그걸 알기에 루는 안심했다.

그리고 이번 일은 이제 끝났다고 생각했다.

"이제 다 된 것 같으니 오늘은 이만들 쉬지."

"네."

더스틴의 말에 이번에도 유라가 대답.

대화는 그렇게 끝났다.

*   *   *

마을은 빠르게 복원됐다.

하메른 상단주가 보낸 연락으로 각종 물건들이 피치에 마을로 들어와 터를 잃은 가족들에게 나누어졌다.

또한 화마가 휩쓸었던 다음날 소식을 듣고 산에서 내려온 이레인이 집을 잃은 가족들에게 수련장을 제공했다.

큰 공터가 있어 천막으로 잘 맞추면 잠자리로는 충분했다. 산속이지만 깎아지른 절벽이 감싸고 있는 지형이기에 바람도 그렇게 불지 않아 한동안 생활에는 아무 문제가 없었다.

이렇게 각종 도움이 들어오자 마을 사람들은 소피아에게 더 이상 불만을 품지 않았다. 금전적 지원은 없었더라도 다시 생활하는 데까지 도움을 주니 그걸로도 화가 풀렸기 때문이다.

그렇지만 소피아는 바로 떠나지 않았다.

오히려 마을이 안정에 들 때까지 성심성의껏 일손을 도왔다.

여린 그녀라 이렇게 해야지만 마음이 조금이라도 풀리기 때문이었다.

그렇게 이 주 정도의 시간이 지나자 마을은 차차 안정기에 들어섰다. 작은 마을이라 협동심도 좋아 여러 사람이 협동해서 집을 지으니 금방금방 지어졌기 때문이다.

이 정도 추세면 못해도 한 달이 조금 넘으면 집을 잃은 사람들의 새집이 만들어질 것 같았다.

그리고 그런 시기가 오자 하메른 상단주는 떠나겠다고 더스틴과 루에게 통보를 했다.

"그동안 신세 많았습니다."

"신세라니, 아닐세."

하메른 상단주가 더스틴의 손을 잡으며 인사를 건네자 더스틴은 그저 가볍게 그의 인사를 받았다.

더스틴에게 인사를 건넨 그는 다시 루를 바라봤다.

"감사합니다, 루 기사님."

"별말씀을요."

"그래도 정말 감사합니다. 만약 루 기사님이 없었다면… 어떻게 됐을지 지금 생각해도 아찔합니다. 하하."

진중한 얼굴로 웃는 하메른 상단주. 그 모습이 조금 웃겨 피식 웃은 루는 다시 아니라고 대답해주고 한쪽에서 자신을 보고 있는 소피아를 바라봤다.

뭔가 말을 하고 싶은데 하고 우물쭈물하는 모습.

딱 봐도 안부의 인사를 전하고 싶은데 못하니 그게 쉽지 않은 모양이었다.

소심한 성격이니 그럴 수도 있다는 생각이 들은 루는 그녀에게 발길을 옮겼다.

"걱정하지 마십시오. 누나는 저보다 강하니 어떤 일이 있더라도 소피아님을 안전하게 바이칼 후작님께 데려다 줄 겁니다."

"네? 네, 네……."

피식.

루는 또 웃었다.

아마 하고 싶은 말은 이게 아니었을 것이다.

예상해본다면… 감사합니다. 혹은 앞으로도 몸조심하세요, 그도 아니라면 다음에 꼭 다시 봐요, 정도?

루는 눈치가 있어서 그걸 알았다.

그리고 이젠 서로 이별하는 마당이니 그 정도야 해줘도 되겠다고 생각했다.

"그럼 조심히 가고, 다음에 인연이 있으면 또 만나요."

"네? 네……."

루는 일부러 조용하게 말했다. 남들이 듣지 못할 정도로 작게. 그런 작은 말에 소피아의 얼굴이 순식간에 밝아졌다 확 달아올랐다.

원하던 말이기 때문이다.

소피아는 양손을 꼭 쥐고 고개를 푹 숙이며 아주 작게 말했다.

"루 기사님도 몸조심하세요. 그리고 저는… 소피아랍니다."

아주 많은 의미를 가진 소피아의 말.

루는 그걸 읽었다.

그리고 조용히 대답했다.

"……. 네."

하지만 여기까지.

만약 루에게 마음이 있었다면 아마 대답에 자신의 풀 네임을 가르쳐줬을 것이다. 그게 루가 소피아를 생각하는 마음의 척도를 계산 가능하게 해줬다.

루의 대답을 들은 소피아는 바로 다른 사람들에게 고개를 푹푹 숙여 인사를 하고는 마차에 올라탔다.

부끄러웠기 때문이다.

"준비 다 되셨나요?"

유라가 마을 타고 마차로 다가왔다.

지금의 유라는 제대로 된 기사의 모습을 갖추고 있었다. 더스틴이 이 2주 간 백열탄을 써서 만든 기사의 전유물, 풀 플레이트 메일을 착용하고 한 손에는 그녀의 창을, 한 손에는 투구를 들고 있었다.

투구 덮개 부분에 하나의 긴 날이 유려한 곡선을 그리며 투구 위쪽을 감싸고 있는 투구.

백열탄 특유의 속성 때문에 하얀색을 띠고 있는 그 갑옷은 유라의 모습을 순백으로 바꾸어주었다.

"네, 다 됐습니다."

하메른 상단주가 다 됐다고 하자 유라는 고개를 끄덕였다.

"그럼 출발합시다!"

"네! 이랏!"

마차를 이끄는 말이 출발하자 유라는 루를 비롯한 남매들을 바라봤다.

그리고 뭔가를 휙 던졌다.

"받아, 산에 가서 수련하면서 참고해. 사부님이 너희에게 때가 되면 주라고 했던 거야. 이제 때가 되었으니……. 반드시 수련을 끝마치고 나와. 일 년이 걸리든, 이 년이 걸리든 누나는 이 마을에서 기다리고 있을 테니까."

"알았어, 조심히 갔다 와."

"그래, 루가 애들 좀 잘 돌봐주고. 그럼, 다음에 건강한 모습으로 보자. 루, 란스, 미오."

"응."

"네, 누님."

“네, 언니.”

남매들의 대답을 들은 유라는 고개를 끄덕이고, 다시 더스틴에게 인사를 하곤 마차 뒤를 따랐다.

루는 멀어져가는 유라를 바라봤다.

그리고 손에 잡힌 책을 또 한 번 바라봤다.

“…….”

뭔가 오묘한 기분이 들었다.

그리고 마치 이게 인생의 시작이라는 느낌이 들었다.

벌써 이십 년이 넘게 살아왔음에도.

멀어지는 유라지만 걱정은 되지 않았다. 유라는 강하기 때문이다. 그리고 이별의 순간도 아니라고 생각했다.

자신들이 유라가 걷고 있는 경지에 들면 어차피 다시 만나니까.

‘이번엔 반드시…….’

초인에 오르겠어.

그렇게 다짐한 루는 등을 돌렸다.

“자, 우리도 산으로 돌아가자.”

“네.”

“네.”

세 남매도 그날로 마을을 떠나 산으로 돌아갔다.

한편 마차를 타고 떠나는 소피아는 기분이 싱숭생숭했다.

태어나 처음으로 그런 말을 남자에게 건넸다.

그 대상은 바로 자신의 목숨을 세 번이나 구해준 루라는 이름의 남자다.

자칭 기사 예비생이라고는 하지만 기사가문에서 자란 소피아가 보기엔 절대로 예비기사의 실력은 또 아니었다.

거기에 태어나 남자에게 처음으로 안기기까지 했었다.

여태껏 그런 경험이 없었던 소피아에게 루의 가슴에 안겼던 행위는 설렘과 당황을 선사하기에 충분했다.

'포근했어……'

위험한 상황이었는데도 순간적으로 느낌 감각은 포근하다는 느낌이었다. 그리고 뭔가 든든했다.

이유는 알 수 없었지만 그 당시 소피아는 그렇게 느꼈다.

'그리고 무서웠어……'

그다음은 무서웠다.

칼을 뽑아든 그가 복면인들을 해치우고 갑자기 뿜어낸 살기. 소피아는 그게 뭔지 모르지만 한순간 가슴으로 파고들어 시리고 무서운 느낌을 주었던 게 루라는 걸 알고 있었다.

뭔가 내면 깊숙한 곳에서부터 일어나는 차가운 느낌.

그건 소피아가 모르는 죽음의 느낌.

유형화된 살기를 가장 가까이서 경험한 소피아였다.

그래서 무섭다는 생각이 들었다.

'다시 만날 수 있을까?'

소피아는 루를 생각하며 그렇게 중얼거렸다.

아니, 자신은 다시 만나고 싶은 걸까?

순간 얼굴이 확 붉어진 소피아.

누군가를 다시 보고 싶은가? 이런 생각을 하니 부끄러웠기 때문이다. 강제로 바젠틴에 끌려가기 싫어 도망친 수도.

그리고 아버지인 바이칼 후작에게 가는 길에 만난 루라는 남자는 그렇게 작은 소녀의 가슴속에 각인되어 버렸다.

　'다시 만나고 싶어…….'

소피아는 자신의 콩닥콩닥 뛰는 가슴을 진정시키며 그렇게 생각했다.

또한 그 순간 느꼈다.

이미 자신은 루라는 남자에게 깊은 호감이 생겼다는 걸.

이게 훗날 명왕기사(明王騎士)라고 불리는 루시드와 성녀(聖女)라고 불릴 소피아와의 첫 만남이었다.

Chapter
08
초인각성(超人覺醒)

한 달이 지났다.

산으로 돌아온 루의 일상은 평범 그 자체였다.

마을에서 사온 식량을 최대한 들고 동굴로 들어간 뒤 웬만한 일이 있어서는 밖으로 나오지 않았다.

루가 동굴에서 하는 건 특별한 게 없었다.

오직 정신 수련.

내면에 대한 자아 성찰.

그리고 사부에게 배운 공부를 다시 확인하는 게 전부였다.

태을청명(太乙淸明).

루를 비롯한 사 남매가 사부에게 배운 정신수양 공부다. 구결을 따라 들숨과 날숨의 연결. 그에 따라 받아들이는 미묘한 감각을 깨우치는 것.

이게 태을청명의 요체다.

뜻은 간단하다.

크고(太), 굽고(乙), 맑고(淸), 밝다(明).

이걸 여러 가지 방식으로 자신에게 맞춰 정신을 닦는 게 바로 태을청명의 요체다. 이 호흡과 뜻을 생각하면 루는 내면속의 악귀가 잠잠해짐을 느꼈다.

'세워라, 세워라, 세워라'

루의 마음속에 거대한 벽이 나타났다.

또한 두껍다.

초인의 길을 가로막고 있는 벽이다.

루는 감은 눈 그대로 자리에서 일어났다.

"후우……."

그리고 심호흡.

스르룽…….

양손에 검이 잡혔다.

마음을 굳게 먹은 루는 곧 검을 휘둘렀다.

어둠 속에서 터지는 분광(分光).

그러나 벽은 건재했다.

실패였다.

“하아…….”

루는 눈을 뜨고 동굴 바닥에 털썩 주저앉았다. 벌써 몇 번째 실패인지 감도 안 잡힌다. 이런저런 방법으로 다 해봤는데 벽은 너무나 건재했다.

솔직히 이 정도면 거의 포기하고 싶을 정도였다.

그리고 루는 실제로 포기하고 싶은 마음도 있었다. 하지만 그럴 수가 없었다. 하산의 조건이 바로 초인이다.

물론 트롤을 잡는 전제조건이 있다.

그래서 초인에 올라 트롤을 못 잡으면 평생 산에서 내려갈 수 없다. 그건 유언이라는 족쇄로 사 남매 전체를 휘감고 있는 것.

루는 그래서 포기할 수 없었다.

그렇게 시간이 계속 지났다.

몇 날 며칠이 지났는지 알 수 없었다.

준비한 육포가 다 떨어지고 다시 들고 오길 여러 차례, 아직 초인의 길은 요원하기만 했다.

오늘도 루는 벽에 도전하고 있었다.

그러나 실패.

루는 자포자기의 심정으로 바닥에 앉았다.

그리고 들끓는 울화를 풀기 위해 다시 호흡법을 시작했다.

들어가는 들숨에, 나오는 날숨 과정을 거쳐 점차 울화가 가라앉았다. 그리고 마침내 마음이 청명의 상태에 들었을 때.

그 목소리가 들려왔다.

ㅡ도와줄까?

마치 악마처럼.

내면에서 조용히 자고 있던 악귀가 다시금 말을 건 것이다.

여태 조용하던 악귀의 말이었기에 루는 지나치지 못했다.

'닥쳐.'

그래서 닥치라고 했다.

청명했던 정신이 순식간에 더럽혀졌다. 악귀의 등장으로만 청명이 깨진 것이다. 루는 그게 기분 나빴다.

상당히 기분 나빴다.

도와줘?

뭘?

욱하는 마음마저 들었다.

ㅡ도와줄게.

또다시 악귀가 속삭였다.

루는 뭘 도와주겠다는 건지 바로 알 수 있었다. 그건 바로 길을 막고 있는 벽. 루의 앞길을 떡하니 막고 부서지지도, 베이지도 않는 그 벽을 말함이다.

그건 악마의 유혹이었고, 선악과만큼 달콤한 목소리였다.

그래서 루는 일부러 비웃었다.

'꺼져, 네까짓 게……'

─아니야. 나는 너를 도와줄 수 있어…….

'웃기지 마! 나도 안 되는데 감히 너 따위가……!'

루는 흥분했다.

너무 달콤한 목소리의 유혹이라 정신이 제대로 흔들렸기 때문이다. 버럭 외친 루는 이를 악물었다.

그러나 잘못 문 탓에 입술을 깨물어 찢어져 버렸다.

입술을 타고 혀로 느껴지는 비릿한 맛.

피 맛.

"하아……."

순간 루의 표정이 변했다.

감은 눈꺼풀 안에서 눈동자가 서서히 다른 색으로 변화를 하고 있었다.

─도와줄게…….

─나라면 가능해…….

─너의 앞길을 막는 모든 걸 베어줄게…….

─약속할게…….

─꼭 내가 이뤄줄게…….

─대신…….

부릅뜬 눈.

루의 눈동자가 진홍색으로 물들었다.

─대신에 말이야…….

그 속삭임이 끝나기 무섭게 루의 손에 들린 검에서 희미하지만… 붉은 아지랑이가 피어나기 시작했다.

그건 피처럼 붉은 아지랑이.

진홍의 아지랑이였다.

"하아……."

루의 붉은 눈이 어둠 속을 노려봤다.

심상 속이지만 선명하게 떠오른 벽. 그 굳건하고 두꺼운 벽을 노려보던 루의 손이 서서히 움직였다.

그리고 검은 어둠을 갈라버리는 빛.

난도질치듯 터지는 그 붉은빛.

적분광(赤分光).

이단의 공부가 지금 탄생했다.

수십 초 동안 이어지는 그 적분광의 빛 속에서 벽은 천천히 형체를 잃어버렸다. 일반적으로 보통의 루가 쓰던 분광으로 베면 벽은 베이지만 다시 재생한다.

그래서 굳건하고 두꺼웠다.

처음 그대로의 상태로.

하지만 적분광은 달랐다.

베고, 베고… 또 베고.

벽이 아물 시간도 주지 않고 끊임없이 베어냈다. 수십, 수백, 수천 초 동안 계속 인체의 근육의 힘과 정신력을 모조리 쏟아부어 계속해서 적분광을 터뜨리는 루.

그리고 마침내…….

쩡!

쩌정……!

벽이 마치 거울 깨지는 소리를 내며 깨져나갔다.

신기루처럼 흩어지며 사라지는 그 모습은 루에게 잔인한 허탈감을 가지고 왔다.

"헉! 헉! 하아, 하아……. 으아아아아아아!"

숨을 고르다 말고 길게 포효하는 루.

기쁜 마음보단 패배감이 더욱 들었다.

신체의 힘을 죄다 끌어 쓰고 정신력까지 모조리 쏟아부었기에 루는 그 자리서 바로 쓰러져서 잠이 들었다.

그리고 한참의 시간이 지나서야 눈을 뜬 루.

자리에 앉아서 멍하니 어둠을 바라봤다.

그리고 무심결에 주변에 떨어진 검을 쥔 루는 곧 정신을 집중했다.

"……."

집중하기 무섭게 검에서 피어나는 붉은 아지랑이.

그 붉은 아지랑이를 한참을 바라보던 루는 천천히 자리에서 일어났다. 그리고 말없이 허공을 그었다.

번쩍!

붉은 궤적이 허공에서 터졌다.

“적분광……．”

분광이지만 하얗지 않고 붉다.

루의 속성이 고스란히 들어간 변화(變化)였다. 루의 내면의 성격. 그게 고스란히 반영된 분광. 그게 바로 적분광(赤分光)이다.

“……．”

입을 닫은 루는 주섬주섬 물건을 챙겼다.

벽은 깨졌다.

그럼 이제 동굴에 있을 필요가 없었다.

동굴을 막아놓은 나뭇가지 엮은 판을 치운 루는 그 자리서 천천히 빛에 시력을 동화시켰다. 천천히, 아주 천천히.

조급해 하지 않고 천천히……．

그렇게 시력 동화를 끝낸 루는 밖의 세상을 둘러봤다. 똑같았다, 분지의 모습은. 다만 변한 게 있다면 이제 겨울에 들어섰는지 눈이 왔다는 사실 하나.

“대충 반년 정도 지났나……．”

정확한 건 사람들에게 물어봐야 알겠지만 루는 대충 그 정도가 지났다고 생각했다.

“하아……．”

깊게 숨을 들이마시는 루.

세상이 달라 보였다.

그리고 특히 변한 건 아랫배에 느껴지는 작은 구슬 하나.

하지만 결코 작게 느껴지지 않는 구슬.

그 구슬의 존재가 뭔지 루는 알았다.

사부에게 들었던 단전(丹田)이라는 게 형성된 것이다. 이제 이 단전에 형성된 구슬은 루에게 무한한 힘을 선사하리라.

초인(超人).

루는 그렇게 초인이 되었다.

*   *   *

동굴 밖으로 나온 루의 일상은 크게 변하지 않았다. 일단 동생들이 먹을 식수와 마른 육포 등을 마련했다.

마을에서 많이 사오긴 했지만 슬슬 떨어질 시기라 루는 직접 사냥을 해서 육포를 만들었다. 식수야 산을 조금 내려가면 있는 샘에서 끊임없이 솟아나니 크게 문제가 없었다.

그 외의 시간엔 루도 또 수련 삼매경이었다.

일단 초인의 반열에 오르긴 했지만 아직 기운을 다루는 건 미숙했다. 아지랑이처럼 피어오르는 기운만 봐도 딱 알 정도였다.

그건 정리되지 않고 그냥 피어오르는 것.

물론 그 정도로도 웬만한 쇠는 두부처럼 갈라버릴 테지만 가다듬는다면 좀 더 적은 기운으로도 검에 기운을 덮을 수 있을 것이다.

유라가 예전에 보여준 기운은 현재 루의 경우와는 달랐다.

지금의 루의 기운이 아지랑이처럼 피어오른다면, 유라는 그걸 조절해 검에만 딱 덮을 수 있는 경지였다.

힘의 소모 자체가 유라가 적다는 소리다.

좀 더 효율적으로 기운을 다루는 게 루의 목표.

그래서 루도 요즘 기운을 조절하는 수련에 매진하고 있었다.

약 한 달이 더 지나고 루는 어느 정도 성과를 이뤘다. 반복 연습이 빛을 본 것이다. 아지랑이처럼 피워 계속 소모되던 기운이 이젠 어느 정도 검에만 주입되어 소모되지 않는 경지에 올랐다.

"음…… . 아지랑이도 쓸 데는 있겠어."

루는 연습을 하는 중이지만 아지랑이처럼 피워 올리는 기운도 쓸모가 있다고 생각했다, 일종의 과시용으로.

초인의 전유물인 기운은 그 자체로 순수한 기운이라 다루는 자에게는 친숙하다. 하지만 그 앞에서 검을 맞대는 입장에서는 악몽이다.

대륙 최강의 명검(名劍)이나 명도(名刀)가 아닌 이상 기운이 담긴 검을 막을 수 있는 방법은 거의 없었다.

전투 중 검이 부서지는 건 그야말로 죽음으로부터의 초대다.

그래서 과시용, 위협용으로 아지랑이는 상당히 쓸 만할 것
같았다. 하지만 전투가 직접 벌어진다면 육체와 정신력의 소
모만 가져올 뿐.

비효율적이다.

그래서 수련에 매진.

이제 어느 정도 감이 잡힌 루다.

루는 다시 정신을 집중했다.

아지랑이처럼 피어오르던 기운이 순식간에 멈추더니 검으
로 빨려 들어갔다. 그리고 검 전체를 감싸며 붉은빛을 발했
다.

피처럼 붉은 진홍색의 기운.

"……. 좋군."

루는 자신의 손에 들린 검 전체를 덮고 있는 기운을 보면서
조용히 중얼거렸다. 기운은 그 자체로 자신감도 가져다줬다.

누구와 싸워도 지지 않겠다는 자신감. 자만이 아니다. 루
는 지금도 몸이 슬슬 근질근질했다. 시험해 보고 싶은 것이
다.

육체를 사용하는 방법도 이미 적응이 끝냈다.

시력을 강화시키는 법.

근력을 강화시키는 법.

감각을 강화시키는 법.

이미 모두 적응을 끝낸 루다.

하지만 루의 수련은 끝날 줄을 몰랐다. 하루 종일. 해가 지기 전까지 매일 루는 몸을 단련했다.

먹을 때와 잠을 잘 때를 제외하고는 루는 계속해서 수련에 임했다.

그렇게 다시 한 달이 지났을 때.

반가운 얼굴이 나왔다.

미오가 나온 것이다.

"깼어?"

"네."

확실히…….

밖으로 나온 미오를 보며 루는 전과는 확실히 달라졌다고 생각했다. 일단 몸에서 풍기는 기세가 변했다.

예전엔 그저 막연히 차갑다는 느낌이었지만, 지금은 확실히 차갑다는 느낌이 났다.

"보여 봐."

"네."

루의 말에 미오가 망설임없이 도를 뽑아들었다.

그리고 눈을 감고 정신을 집중하기 시작하니 바로 그녀의 도에 이상 현상이 발생했다. 루와 같은 경우다.

아지랑이.

미오의 경우에는 시리도록 푸른 아지랑이였다.

"역시……. 사람 내면의 속성을 따라가는군."

루는 미오의 도에서 피어난 푸르고 시린 아지랑이를 보며 조용히 중얼거렸다. 자신의 경우는 붉은빛이다, 그것도 피처럼 붉은.

유라의 경우에는 작열하는 불꽃과도 같은 색이다. 모든 걸 감싸는 따스함과 모든 걸 불태우는 그런 불꽃의 색이다.

그리고 미오의 경우는 차가운 푸른색이다, 마치 수정이나 얼음의 결정처럼 시린 느낌이 아주 짙은.

살짝 손을 가져다 대자 역시 시원하다 못해 시린 느낌이 점차 도에 가깝게 갈수록 강해졌다. 루는 단전에 생긴 구슬을 돌려 기운을 손으로 몰았다.

그러자 하얗게 서리가 꼈던 손이 다시금 제 혈색을 되찾았다.

의심할 여지가 없다.

미오도 초인에 올랐다.

"축하해."

"고마워요."

루의 축하 인사에 미오는 기운을 회수하고는 고개를 꾸벅 숙였다. 그리고는 다시 루를 바라보며 물었다.

"오빠 어떻게 넘었어요?"

"나? 나는 그냥 난도질을 쳤지."

맞는 소리였다.

루는 적분광으로 아예 벽을 난도질했다. 끊임없이 생성해 베고, 또 베고……. 그것만 반복해 벽을 죽였다.

"아……."

"그럼 너는?"

"저는 얼린 다음 쏘아 떨어뜨렸어요."

"후예사일을 그대로 이용했군. 잘했어."

루는 듣자마자 바로 미오가 어떤 방법을 택했는지 알아차렸다. 아마 미오에게 보인 벽은 하늘에 뜬 해처럼 존재했을 것이다.

그걸 미오는 자신의 얼음 속성으로 일단 벽을 얼리고, 다음 후예사일의 공부로 쏜 다음 떨어뜨렸을 것이다.

떨어뜨린다는 것은 곧 그 주변의 모든 걸 끊는다는 것.

스스로 존재할 수 없게끔 만드는 것.

즉, 쏘았을 때 이미 승부를 보는 것이다.

그게 미오의 공부.

후예사일(后羿射日)이다.

빠르기도 빠르지만, 그 안에 강렬한 힘이 도사리고 있다. 그냥 막는다고 막는 게 아닌 게 바로 후예사일이다.

루의 분광과는 다른 공부였다.

"그럼 란스만 남았군. 못해도 반년 후면 나오겠지."

"네, 그 정도면 나올 거 같아요."

란스는 항상 늦었다.

매번 겨우 뒤따라오는 수준이었다.

하지만 그렇다고 란스의 재능이 떨어지는 건 아니었다. 그도 보통 이상의 재능을 지닌 건 확실했다.

다만, 루나 미오의 재능이 타의 추종을 불허할 정도로 뛰어나서였다. 물론, 유라는 말할 것도 없었고.

대신 란스는 우직하고 부지런했으며 꾀부리는 걸 몰랐다.

가르쳐준 그대로 학습하는 란스였다. 하나를 배우면 그 하나는 완벽히 소화하고 넘어가는 란스다.

아니, 좀 더 그 공부에 대한 경지를 올리고 넘어가는 란스였다.

"란스가 사부님에게 배운 건 대력. 그렇다면 란스는 저번의 바위처럼 쳐부수고 나오겠군."

루는 란스가 택할 방법을 예상해봤다.

이 말처럼 란스가 사부에게 배운 공부는 대력이다.

대력(大力).

크고 거대한 힘으로 가르고, 쪼갠다.

거기에 하나 더 해진 게 바로 회풍(廻風).

그래서 파괴력만큼은 진짜 일품이었다.

만약 란스가 초인에 오른다면 란스의 회풍대력을 정면으로 막을 사람은 대륙에 몇 안 될 것이다.

"란스 오빠가 초인에 오르면……. 아마 알스테르담의 철벽이나 되어야 그 일격을 막을 수 있을 거예요."

"그렇겠지. 그 사람이 대륙의 모든 초인 중에서 가장 힘이 좋다고 알려져 있으니까. 하지만 막을 수 있을까? 우리들 공부는 특별해. 아마 힘들 것 같은데?"

"그 사람도 대단하다고 하던데요?"

루의 반신반의한 대답.

확실히 대륙에 있는 모든 초인 중에 힘으로 따지면 가장 떠오르는 사람이 바로 마도 제국의 미친개에서 이젠 초인 케르베로스로 불리는 휘안 대령의 오른팔인 '철벽(鐵壁)' 빅터 상사일 것이다.

그러나 그 둘은 붙어보기 전까진 아마 승패를 가릴 수 없을 것이다.

물론, 마도 제국 알스테르담은 거의 대륙 동쪽 끝에 위치해 있어 만날 일도 없겠지만. 그렇게 생각한 루는 바닥에 털썩 앉았다. 루가 앉자 미오도 루의 앞에 그냥 털썩 앉았다. 오랜만에 만났으니 대화라도 할 생각인 것이다.

"어쨌든 란스만 나오면 되겠어. 후우……. 산 한 번 내려가기 힘들다."

"그래도 사부님 유언이었으니까요."

"맞아, 사부님의 유언이니까 이렇게 따르지. 우릴 어엿한 사람으로 만들어 주셨으니까. 옛날에 우릴 안 거둬주셨다면 우리 아마 굶어 죽거나 맞아 죽었을 걸?"

"맞아요, 그리고 유라 언니가 없었어도요."

"사부님이 아버지 같다면, 누난 엄마 같은 사람이지. 너도 그렇지?"

"네."

루의 질문에 유라도 고개를 끄덕였다.

확실히 유라는 엄마 같은 느낌이다.

자상하고 상냥하지만, 화낼 땐 정말 엄마처럼 무서운 유라.

그건 남들에게도 똑같았다.

누군가가 다치면 불보다 더욱 화끈하게 무서운 게 바로 유라다. 유라의 행동은 거의 모성애를 기본으로 두는 것 같았다.

그래서 루나, 미오가 이렇게 느끼고 있는 것이다. 이런저런 주제로 두 남매는 그렇게 한동안 대화를 나눴다.

그리고 정확히 반년 후인 8월에.

란스가 동굴에서 나왔다.

＊　　　＊　　　＊

"후우, 긴장되는데……."

"후후, 그러니?"

"그럼 누나는 긴장 안 돼?"

산 밑에 서서 잠시 쉬는 중 루가 유라에게 물었다. 그러자 부드러운 미소를 지으며 대답하는 유라.

"누나야 긴장보단… 너희가 다칠까 걱정만 들지."

"하긴, 누나야 뭐……."

유라의 대답에 루는 고개를 끄덕였다. 아무리 루를 비롯한 삼 남매가 초인에 올랐다고 해도 유라를 대적하기엔 역시 무리였다.

그건 유라와 대결을 해보고 확실히 알았다.

란스가 나오자 미오가 유라를 데리러 갔고, 약 이 주 정도 시간이 지난 후 유라가 도착했다. 올 때 마차를 끌고 왔는데 거기에는 유라를 뺀 나머지 남매들의 갑옷과 무기가 실려 있었다.

전신을 감싸는 풀 플레이트 메일에 강철 부츠, 그리고 강철 장갑은 물론, 강철 투구까지.

모두 가장 좋은 철을 써서 만들었고, 백열탄을 썼기에 강도는 동급 최강이었다. 거기다 백열탄의 속성을 그대로 받아 새하얀 빛을 띠어 미관상의 아름다움도 그대로 가지고 있었다.

또한, 투구에 재미난 법칙이 있었는데 유라의 투구엔 날카로운 날이 하나, 루의 투구에 날이 양옆으로 두 개, 란스의 경우는 세 개, 미오의 경우는 네 개의 날이 나 있었다.

동그란 형식이 아닌 칼날처럼 날이 서린 뿔이었다.

그 후 미오는 란스와 미오의 수련에 적극적으로 가담했다. 아직 기운을 다루는 게 부족하니 옆에서 조언을 아끼지 않은 것이다.

그렇게 란스가 나온 날로 두 달이 지난 지금.

사 남매는 사부의 유언을 정리하러 가고 있었다.

정리는 당연히 옆 산의 흉측한 몬스터 사냥.

사냥 불가의 괴물.

금지라 불리는 산에 제왕으로 군림하는 괴물.

그 누구에게도 잡히지 않은 괴물.

트롤(Troll).

대륙인 전부가 불가능하다고 하는 그 몬스터를 잡으러 사 남매가 드디어 움직였다. 사 인으로 구성된 초인 파티.

옛날부터 전해져 온 아주 특수한 공부를 익힌 사 남매는 적당한 자신감에 차 있었다.

"잡을 수 있겠지?"

"응, 걱정 마, 실수만 하지 않으면……. 괜찮아. 자, 다시 한 번 점검할게. 란스는 방어, 루와 미오는 공격, 나는 큰 거 한 방을 계속 노린다. 숙지했지?"

"응."

"네."

"네."

이제 마지막 쉬는 시간이다. 현재 사 남매는 산을 내려온 상태. 이제 잠시 후 해가 중천에 뜨면 옆 산을 오를 것이다.

그리고 그 산 정상에 트롤이 있다.

대륙 최초로 몬스터 사냥에 나서는 것이다.

시간이 지났다.

사 남매는 천천히 산을 오르기 시작했다. 오르면 오를수록 등 뒤로 식은땀이 흘렀다. 긴장하고 있는 것이다.

"후우……."

루는 계속해서 심호흡을 하며 숨을 골랐다. 호흡을 조절 못 하면 체력에 소모가 온다. 그건 좋지 않았다.

슬쩍 옆을 보니 같이 오르고 있는 미오나 란스의 눈에도 긴장감이 보였다.

하지만 반면 유라의 얼굴에는 큰 긴장감은 없었다.

아니, 오히려 자신감에 차 있었다.

그걸 보며 루는 역시 유라라고 생각했다.

트롤을 잡으러 가는데도 자신감과 여유를 동시에 가지다니.

루는 아마 자신은 힘들 거라고 생각했다.

'집중. 지금부터는… 트롤을 잡는 생각만 하자.'

루는 바로 잡생각을 털어냈다.

그리고 약 한 시간이 지나고, 루는 산 정상분지 바로 밑에 도착했다.

쿵……!

쿠어어어어어어……!

거대한 진동음과 고막을 강타하는 피어가 산 정상에서 거대하게 들렸다.

　트롤.

　트롤과의 대면이다.

Chapter
09
트롤(Troll)

루는 정상에 올라섰다.

"큭……."

"음……."

"……."

동시에 바로 신음이 나왔다. 그건 란스나 미오도 마찬가지. 다만 유라만 조금 굳은 눈으로 눈앞의 생물체를 바라봤다.

약 3미터 정도 되는 거대한 덩치.

녹색의 피부.

양옆으로 내려온 거대한 송곳니.

양손에 들린 거대한 쇠몽둥이.

크아아아아아아아아······!

다시금 온 산을 강타하는 거대한 피어.
루는 그 피어에 눈살을 찌푸렸다. 범인이라면 이 피어에 그대로 정신이 나가겠지만 어려서부터 면역이 되어 있는 루는 그렇게 흔들리지 않았다.
하지만 그렇다고 완전히 무사하지도 못했다.
손이 살짝 떨리며 머릿속으로 조금씩 공포가 깃들었다.
그건 아주 미약한 정도였지만 몸이 조금은 굳는다는 소리.
그때 유라의 입이 열렸다.
"란스!"
"네, 우아아아아아아······!"
란스의 묵직하고 거대한 외침이 터졌다.
워 크라이.
전투의 함성이다.
사부가 사 남매에게 가르쳐준 부수적인 공부 중 하나다.
아군에겐 전투의 사기를.
적군에겐 절망적인 공포를.
그걸 선사하는 게 바로 워 크라이.
사 남매 중 란스의 워 크라이가 가장 강하고 효과가 좋았다.

이 또한 이미 계산된 것.

"란스 방어!"

"네!"

유라의 명령을 받고 란스가 앞으로 돌격했다. 이미 그의 손에는 새하얀 백광의 플랑베르쥬가 들려 있었다.

그리고 그 플랑베르쥬에서 피어나는 새하얀 아지랑이.

바위를 닮을 줄 알았더니 의외의 깨끗한 기운을 끌어낸 란스다.

후우우웅……!

트롤의 거대한 쇠몽둥이가 아무런 예비 동작 없이 옆으로 휘둘러졌다. 란스가 사정권 안에 들어섰기 때문이다.

쾅……!

란스의 플랑베르쥬와 충돌.

거대한 충격파를 만들었다.

"루! 미오!"

유라의 외침.

허나 이미 루와 미오는 달려들고 있었다.

번쩍!

스각!

사악……!

루의 적분광이 터지고, 미오의 사일이 쏘아졌다.

푸확!

살을 베고 지나간 그 자리로 깊은 혈선이 생기더니, 곧 녹색의 비릿한 피가 튀었다. 하지만······.

"역시······."

"으음······."

허벅지가 옆구리에 난 상처는 순식간에 아물었다. 베고 지나간 순간 최초에 피만 뿜어지고, 그대로 근육이 꿈틀거리더니 재생한 것이다.

루는 그걸 보고 역시 트롤이라고 생각했다.

꿈틀.

트롤의 녹색 눈동자가 광포하게 번들거렸다.

크와아아아아아아······!

다시금 천지를 뒤흔드는 거대한 피어.

아까보다 더욱 강렬하고, 적의가 충만했다.

쾅······!

어느새 달려들어 눈앞의 란스를 강타하는 트롤.

충격파가 터지고 란스의 신형이 뒤로 주르륵 밀렸다. 막았는데도 그 힘에 그냥 맥없이 밀려 나간 것이다.

"으음······."

"견딜 만하니?"

"네, 누님."

아직은, 아직까진 괜찮다고 말하려고 한 란스였지만 이내 그 말은 빼고 괜찮다고만 대답했다. 단 두 번의 공격을 막은 란스.

란스는 느끼고 있었다.

많이 막아봐야… 스무 번? 아니 열 번 정도?

그만큼 트롤의 몽둥이질은 강했다.

공간이 남았다.

란스가 공격당한 그 시점에 루와 미오도 움직이고 있었다.

번쩍!

스각……!

스가각……!

루의 적분광이 허공에 붉은 궤적을 남기고 화려하게 비산하며 터졌다. 상흔은 좀 전보다 더욱 깊었다.

크아아아아아아!

고통에 찬 몸부림과 외침.

"효과가 있… 없군."

고통에 찬 몸부림에 효과가 있는 줄 알았더니, 아니었다. 그 몸부림이 끝나자마자 상처는 또다시 재생했다.

"이래서 괴물……. 윽!"

"루! 피해……!"

유라의 외침이 들렸다.

쾅……!

"크악……!"

트롤의 고개가 루를 향하는 걸 보고 섬뜩한 느낌을 받은 루는 그 즉시 팔을 교차했다. 그리고 그 순간 붉은 기운에 휩싸인 루의 검을 트롤이 눈으로 쫓기 힘든 속도로 달려들어 강타했다.

거대한 힘.

루의 신형이 그대로 날아갔다.

분지의 공터를 약 10여 미터나 날아간 다음, 바닥에 떨어져 다시 몇 미터를 더 굴러갔다. 그야말로 압도적인 힘이었다.

"크으……."

"루……!"

"형님!"

"오빠……!"

유라를 비롯한 란스와 미오의 걱정에 가득 찬 외침이 들렸다.

"피해……!"

다시금 들려온 외침.

루는 정신이 번쩍 드는 걸 느꼈다.

바로 상체만 세운 다음 다리에 기운을 보내 옆으로 튕기듯이 몸을 날렸다.

쾅……!

루가 튕긴 그다음 바로 바닥으로 내려쳐 진 거대한 쇠몽둥이.

트롤이 엎어진 루에게 공격을 가한 것이다.

만약 그대로 맞았다면 아마 루의 육체는 산산조각이 났을 것이다. 그야말로 다행이었다.

팅기듯이 날아간 루는 바로 자세를 가다듬었다.

"큭……."

하지만 손목은 물론, 팔꿈치에 어깨까지 뻐근했다. 아니, 욱신거리는 지경을 이미 넘었다. 딱 봐도 근육이나 뼈에 이상이 온 느낌.

푸확!

크아아아아아!

다시금 트롤의 거대한 비명이 들렸다.

유라가 달려든 것이다.

사 남매 중 최강인 유라.

그녀의 언월대도가 그대로 트롤의 가슴에 깊게 상흔을 입혔다. 거의 근육을 모조리 벤 유라의 일격.

크아아아아!

녹색의 피가 허공으로 흩뿌려졌다.

"좋아! 재생의 시간이 점점 늦어지고 있어!"

유라의 얼굴에 자신감이 더욱 차올랐다.

하지만… 그래도 트롤은 트롤이었다.

*   *   *

전투 한 시간째.

"후우, 후우, 후우……."

유라의 거친 심호흡 소리가 들렸다.

"헉, 헉! 흐아……!"

"하아, 하아, 하아!"

"흐으, 흐으……. 이런 괴물 같은……."

사 남매 모두의 신음이다.

트롤은… 말 그대로 트롤이었다.

트롤과의 전투가 시작된 지 한 시간. 유라를 비롯한 사 남매가 그렇게 트롤을 베었지만 트롤은 아직까지도 건재했다.

아니, 지친 모습을 보이긴 했다.

재생력은 떨어졌고, 스피드도 떨어졌다.

크아아아아아아……!

쾅……!

"크윽……!"

다시금 루에게 떨어진 일격.

트롤에게 가장 많이 공격을 퍼부은 사람이 바로 루였다. 빠른 속도를 중시한 루의 적분광은 트롤의 온몸을 헤집고, 갈랐다.

하지만 아직도 트롤의 겉모습은 멀쩡했다.

그저 씩씩거리며 사 남매를 노려보며 타이밍을 노리는 것 같았다.

스각……!

란스의 플랑베르쥬가 트롤의 옆구리를 길게 갈랐다.

크아아아!

분노에 찬 트롤의 외침이 터지고.

쾅……!

충격파가 터지면서 란스의 신형이 뒤로 쭉 밀렸다.

"크아악……!"

안간힘을 쓰며 신형을 바로잡는 란스.

이미 그 새하얗던 갑옷은 더럽혀 졌고, 불꽃을 상징하는 플랑베르쥬의 날은 군데군데 이가 나가 있었다.

스각!

쿠아아아아아아아아!

루는 순간 눈을 끄게 떴다.

유라가 달려들어 넘실거리는 붉은 기운을 담은 언월대도로 트롤의 팔을 잘라낸 것이다. 순간 환호할 뻔한 루.

그러나 그다음 행동을 보고 경악을 금치 못했다.

떨어진 자신의 팔을 들어 상처에 가져다 대니… 놀랍게도 팔이 달라붙었다.

"이런 미친……."

실로 엄청난 재생력이다.

떨어진 팔을 가져다 대는 것만으로 다시금 신체에 이어 붙이다니, 눈 뜨고 보고 있지만 믿을 수 있는 광경이 아니었다.

"으음……."

유라의 얼굴도 확 굳어 있었다.

설마 저 정도의 재생까지 가능한지는 그녀도 몰랐던 것이다. 하지만 곧 얼굴을 빛냈다. 그리고 외쳤다.

"주의를 끌어! 팔이 잘린다는 건 목도 마찬가지! 목을 자른다!"

흠칫.

유라의 외침에 루는 과연이라고 생각했다.

팔이 잘렸다.

여태 안 잘리던 팔이 잘렸다는 건 트롤이 약해졌다는 증거. 그렇다면 목을 날리는 것도 가능할 것이다.

설마 목이 날아가고도 그걸 들어 재생시킬 수 있을까? 아니, 그건 불가능할 거라고 루는 생각했다.

유라의 외침에서 희망이 보였다.

<u>크르르르르</u>……!

괴물이 이를 갈았다.

팔이 떨어져 흉성이 극에 달했다.

<u>크르르르… 크아아아아</u>……!

"란스! 누나를 막아!"

"네! 이익……!"

쾅……!

또다시 충격파가 터졌다. 기운이 터지는 소리. 란스의 검에 몰려 있던 순백의 기운이 터지며 나는 소리였다.

“미오……! 다리!”

“네!”

유라의 외침에 초고속으로 달려나가는 미오. 목표는 다리.

그녀의 대태도가 트롤의 오른쪽 다리를 향해 쏘아졌다.

쏘아 떨어뜨리는 게 그녀의 도법.

후예사일.

스각!

크아아아아……!

쾅……!

“꺄악……!”

쩌정……!

다리를 베이자마자 트롤이 휘두른 쇠몽둥이를 막은 미오.

그녀의 도가 깨지며 미오의 신형을 저 멀리 날려 보냈다.

“미오……!”

순간 뒤돌려고 하는 트롤을 보며 루가 신형을 다시 날렸다.

“크윽……!”

어깨가 저리고, 팔꿈치도 삐거덕거렸다. 최초 트롤의 공격
을 받은 여파가 아직도 육체에 남은 탓이다.

하지만 지금 움직여야 한다.

안 그러면 미오가 죽는다.

타다다다닷!

빠르게 미오의 앞을 막은 루의 검에 붉은 아지랑이가 넘실거렸다. 급한 상황이라 기운을 조율하지 못한 탓이다.

뿌득!

이를 간 루는 다시금 트롤에게 뛰어들었다.

크아아아아!

절뚝이지만 빠른 속도로 달려오며 손에 들린 쇠몽둥이를 내려치는 트롤. 루는 거기에 집중했다.

스윽.

한 발 옆으로 아슬아슬하게 피한 루가 그대로 뛰어올랐다.

교차하며 터지는 적분광.

번쩍.

크아아아아아아!

열십자로 터진 적분광에 트롤의 양 목에서 피가 폭발적으로 터졌다. 그리고 루는 발로 트롤의 가슴을 걷어차 빠르게 트롤이랑 멀어졌다.

순간 루는 지금이 찬스인 걸 알았다.

"누나……!"

스각……!

루의 외침이 끝나기도 전에 유라의 신형이 옆에서 뛰어올라 타오르는 화염을 머금은 궤적을 그렸다.

그리고 마침내 떨어지는 트롤의 머리.

그어, 그어어…….

쿵……!

트롤의 거대한 육체가 드디어 쓰러졌다.

그렇게 하나의 전설이 아무도 모르게 조용히 탄생했다.

하지만…….

*   *   *

똑똑.

"들어와."

끼익.

이제 막 30대에 들어섰을까 말까 한 남자가 보고서를 들고 들어오란 소리에 문을 열고 들어갔다.

남자가 들어간 방은 집무실인지 방 가득 책장이 있었고, 그 책장에 맞춰 못해도 천 권은 넘어 보이는 숫자의 서적이 꽂혀 있었다.

그리고 창가의 책상.

가득 쌓여 있는 보고서.

그리고 정신없이 그 보고서를 보는 중년 남자.

"무슨 일이냐, 안토니."

중년 남자의 굵직한 목소리다. 고개를 숙이고 있어 얼굴은 잘 보이지 않지만 잘 다듬어진 상체와 어깨로 보아 얼굴도 상당히 강직하게 생겼을 것 같았다.

"처리조에서 연락이 왔습니다."

중년 남자의 말에 안토니라고 불린 젊은 남자가 대답했다.

"음……."

그러자 고개를 천천히 드는 중년 남자.

멋지게 기른 콧수염에 부리부리한 눈매. 딱 봐도 상당히 고집 있는 얼굴이었다. 하지만 전체적인 상체의 발달과 얼굴을 대조했을 때 그만큼의 능력도 있어 보였다.

"하게."

간결하게 떨어진 명령.

그 명령에 안토니라고 불린 남자가 바로 보고서를 보면서 입을 열었다. 그리고 보고는 한참이나 계속됐다.

그런데 여기에 놓쳐서는 안 될 단어들이 등장했다.

피치에 마을, 반개(半開)의 여기사, 추후 명령 등등.

"놓쳤다?"

"네."

"허어……."

중년 남자는 눈을 감았다.

몇 달 전 하나의 명령을 내렸다. 그 명령은 사내가 개인적으로 기른 기사단에 내렸는데, 명령의 내용은 이제 갓 스물도 안 된 여자의 납치였다.

하지만 중간부터 절정의 경지에 이른 기사들이 끼어들면
서 임무는 실패했고, 표적이었던 젊은 여자는 목적지에 안전
히 도착했다.

이때 여자를 호위했던 기사는 단 한 명.

눈을 거의 감듯이 하고 다니는 금발 머리의 여기사라고 했
다.

나이는 스물 초중반.

한 자루의 창을 귀신처럼 다루는 게 아닌, 거의 신기(神技)에
이르렀을 정도로 다루는 여기사. 이 여기사에게 200이 넘었던
습격조가 거의 전멸에 가까운 타격을 입고 물러났다.

출신 성분 불명.

당연히 소속도 불명.

그 여기사의 조사를 시켰지만 나오는 것도 불명.

오히려 마을 안에 침투한 단원들만 발각돼서 사망.

"놓쳤단 말이지……. 이거 참. 자네가 한 조사도 그런가?"

"네, 아무것도 나오는 게 없습니다."

"음……."

안토니라고 불린 남자의 대답에 다시 중년 사내는 곰곰이
생각에 잠겼다. 생긴 얼굴과는 다르게, 굉장히 진중한 성격이
었다.

"그럼 당연히 그 은발의 여기사와 잿빛 머리의 기사도 나
온 게 없겠군?"

"송구하지만… 그렇습니다."

송구하다고는 하지만 안토니의 대답은 지극히 담담한 목소리였다.

"아니네, 자네가 송구할 필요는 없겠지. 그럼 어디 보자……. 그래, 나오는 게 없다면 나오게 하면 되겠지."

"……."

중년 사내의 말에 안토니란 남자는 침묵했다. 뒷말을 예상했기 때문이다. 중년 남자도 이미 안토니가 자신의 생각을 눈치챘다는 걸 알았다.

하지만 굳이 입을 열어 명령을 내렸다.

"지우게."

"……."

"그럼 나오겠지."

"…네."

나오겠지 한 그 말에 안토니란 남자는 결국 대답했다. 한번 마음먹으면 절대 그 마음을 바꾸지 않는 남자가 바로 눈앞에 이 남자란 걸 잘 알기 때문이다.

"나가보게."

"네."

안토니는 그 말에 바로 고개 숙여 인사하고는 밖으로 나갔다.

탁.

닫힌 문소리가 나자 중년 사내는 자리에서 일어났다.

그리고 문을 등지고 돌았다.

그러자 보이는 건 황혼이 지는 밖의 풍경이었다.

"슬슬… 우리도 제국이라는 이름을 달아야겠지."

지극히 담담한 말.

허나 그 말엔 감출 수 없는 욕망이 숨겨져 있었다.

그리고 지금 이 대화가…….

―대륙의 동쪽에서 펼쳐지는 전설의 시발점이 되었다.

『기사도』 2권에 계속…

NOMEN

노멘

이영균 장편 소설

억울한 누명으로 인한 감옥살이 1년.
직장, 친구, 애인도… 모두 떠나 버렸다.

911테러 이후, 극비리에 진행된 프로젝트,
그리고 그 결과물, 슈퍼컴퓨터 HAL8999

대한민국의 평범한 청년 동범과
인류가 만든 최고의 컴퓨터에서 깨어난 존재의 만남.

Nomen est omen 이름이 곧 운명!

인류의 미래를 가르는 사건은
이 우연한 만남으로부터 시작되었다.

Book Publishing CHUNGEORAM

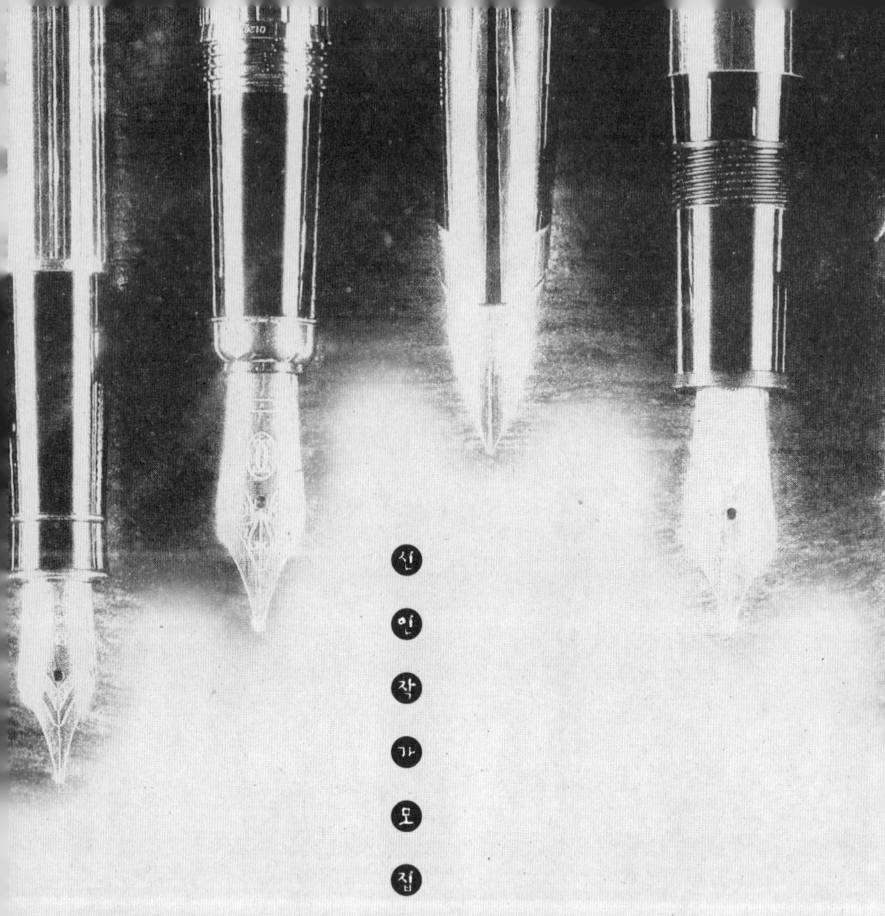
신

인

작

가

모

집

시작이 반이라고 했습니다.
작가의 길에 대한 보이지 않는 벽을 과감히 깨뜨리십시오!
청어람은 작가 지망생 여러분들의
멋진 방향타가 되어드리겠습니다.

저희 도서출판 청어람에서는
소설 신인 작가분들을 모집합니다.
판타지와 무협을 사랑하시는 분들의 많은 참여를 바랍니다.
소정의 원고(A4용지 150매)를 메일이나 우편으로 보내주시면
검토 후 출판 여부를 알려드리겠습니다.

주소:경기도 부천시 원미구 심곡2동 163-2 서경B/D 2F 우편번호 420-822
TEL:032-656-4452 · FAX:032-656-4453
http://www.chungeoram.com
e-mail:chungeoram@chungeoram.com

때로는 비천한 주방 하인
때로는 해석 못하는 무공이 없는 무학자
때로는 명쾌한 해결사.

만능서생 용비.

살아남기 위해 독종이 되었고,
살아남아 통[通]하게 되었다.

CASTLE OF ANOTHER WORLD

강한이 장편 소설

이계마왕성

FUSION FANTASTIC STORY

『이계만화점』의 작가 **강한이**가 돌아왔다.
그가 전하는 신개념 마왕성의 이야기!

가족을 잃고 더부살이로 받던 설움을 떠나
서울로 상경해 우연히 얻은 셋방
그곳 지하실에서 채빈의 불행한 인생이 뒤엎어진다!

이계마왕성!

그곳에서 배워라, 지혜가 되리라! 그곳에서 얻어라, 내 것이 되리라!
마왕이 아니다. 마왕성을 이용하는 현대인일 뿐.

마왕성의 사나이, 그가 이제 날아오른다!

Book Publishing CHUNGEORAM